雪出 紅
(ゆきいでべに)

身長142センチ。放送部所属で、北欧にルーツを持つ圧倒的美少女。人見知りで、口下手だが、空気を読むのは得意……!?

二反田並人
(にたんだなみと)

高校一年生。ドミノ部(部員一名)の部長。入学して最初の自己紹介ですべり散らかして以来、クラスでうっすら浮いている。

町野 硯
(まちのすずり)

二反田のクラスメイトで、水泳部所属の陽キャ。なぜか新学期早々に二反田に興味を持ち、部活前にドミノ部の部室を訪れるように。

#1.1 思春期の痛ムーブに詳しい町野さん
「えっ」

もしかしたら、いやたぶん、僕は赤くなってしまったのだろう。

町野さんの口が、うれしそうに「ω」の形に変わった。

「二反田っていつも無表情でぼーっとしてるのに、今日は『部室に女子がくるかもしれないから、作業に集中してる風を装って真剣な表情を作っておこう』って思春期男子がやりがちな顔だった」

「冤罪《えんざい》なのに、共感性羞恥で顔が熱い！」

「二反田《にたんだ》、なんかおかしくない？」

「こんにちは、町野《まちの》さん。この大きいドミノは、僕が小さい頃に並べてた誤飲防止用なんだ。整理してたら出てきたから――」

「いやドミノじゃなくて二反田が」

「『開口一番で悪口言われて帰りたい』っと。送信」

「即SNSに愚痴をつぶやいてダメージを最小化してる……」

「いままでそうやって生きてきたから」

「逆だったのに」

「逆？」

「なんか二反田、妙に顔がキリッとしてかっこよかったから」

坂本秀斎
（さかもとしゅうさい）

調理部所属。秀才のようなルックスと名前だが、中身が残念。リョーマというあだ名に納得がいっていない。安楽寝伊緒のことが大好き。

安楽寝伊緒
（あらくねいお）

三白眼のファッションヤンキー。帰宅部。高校デビューを目指すが友だちがひとりもできず失敗。実は成績優秀で、坂本に勉強を教えている。

八木元気
（やぎげんき）

二反田たちのクラスメイト。放送部所属。松ぼっくりのごときアフロ気味の頭髪が印象的。同じ中学出身の雪出さんを熱烈に推している。

ツッコミ待ちの町野さん

にちょぴん

illustration◇サコ

#1 透明感《とうめいかん》アンチの町野さん

教室の床《ゆか》にドミノを並べる手を止め、ふっと窓の外を見た。

六時間目が終わったところで、下校に部活にと、学校はいまが一番にぎやかしい。

それとは逆に校庭の隅《すみ》の一本桜《いっぽんざくら》には、花びらがほとんどなかった。

四月半ばのさびしげなたたずまいに、僕は自分を重ねあわせる――。

「いやいや、さびしくないよ！　ドミノはひとりでも楽しいし」

しんと静まりかえった空き教室に、思ったよりもひとりごとが響《ひび》いた。

ここは僕が創設したドミノ部の部室で、部員はいまのところ僕しかいない。

別に孤高《ここう》を気取っているわけではなく、同じ一年一組の何人かに声はかけた。

しかしドミノは人気がないようで、

「見学？　あーっ……時間があるとき、行けたら行くかも……しれません」

そんな風に距離《きょり》を感じる敬語で、社交辞令を返されるばかり。

「ドミノみたいなマイナー趣味《しゅみ》がバズるには、もう四コマ雑誌で女子がゆるゆると遊ぶ連載《れんさい》を待つしかないのかな……」

いっそ僕が描《か》いてみようかと考えていると、ふいに部室の引き戸が開いた。

「こんちくわ！」

制服のスカートにジャージを羽織った女子生徒が、入り口に立っている。

ポニーテールが似あう顔立ちで、口にはなぜか「ちくわ」をくわえていた。

「『ちくわ越《ご》しの空気、おいすぃー』とか言いそうな人きた」

思わず心の声を漏らすと、女子が口からちくわをはずす。

「ちくわ越《ご》しの空気、おいすぃー！」

「本当に言った！」

サービス精神旺盛《おうせい》な女子が、ふふんと笑ってちくわをかじった。

「こんちくわ！」

「えっと……これ僕が『こんちくわ！』を返すまで続くやつです？」

「ううん、単なるキャラづけ。わたし、見た目にインパクトないから」

女子のスカートからのぞく脚は、しなやかに引《ひ》き締《し》まっている。

斜《なな》めがけにしたスポーツバッグも、いかにも運動部所属という感じ。

なによりその全力の笑顔《えがお》は、スポドリのＣＭみたいに端整《たんせい》で溌剌《はつらつ》としていた。

「そんな『無課金アバターが唯一《ゆいいつ》持ってるイベント配布の装備つけてきた』みたいなことしなくても、町野《まちの》さんは十分にキャラ立ってると思うよ」

「お。わたしのこと、知ってるんだ？」

「そりゃあ町野さんは、クラスの人気者だもの」

中学時代は県大会にも出場した、水泳部のエリート。

声が大きく、いつも元気で、誰《だれ》もが「おはよう」と声をかけたくなる。

主人公でも運動部系ヒロインでも、どっちでもいけそうな人材が町野さんだ。

「わたしも、きみを知ってるよ。『二軍落ちする二反田《にたんだ》』くん」

僕は「うっ」とうめいて、胸を押さえた。

一週間前、入学式が終わって最初のホームルーム。

僕たちのクラス担任は、生徒に席を立っての自己紹介《しょうかい》を強《し》いるタイプだった。

自分の番が回ってきたとき、僕は立ち上がってこう言った。

『二反田《にたんだ》です。中学時代は「やがて二軍落ちする初期メンバーの弓使いみたいな顔」って言われてました』

自分的には「軽《かる》おもしろ」くらいの、つきあいやすさを演出したつもりだった。

「あの自己紹介《しょうかい》は盛大《せいだい》にすべったねえ。二反田《にたんだ》は『普段《ふだん》は目立たないけど、たまにぼそっと面白《おもしろ》いです』ってキャラを狙《ねら》ったんだろうけど、みんなはこなす感じの流れだったから、意図せず『かましたった』感が出ちゃって」

町野さんが、くっくと笑う。

そう。ドミノ部に入部希望者がいないのは、ドミノのせいじゃない。

僕が不本意ながら「高校デビューに失敗した人」という、軽めの腫《は》れ物《もの》になったからだ。

「完璧《かんぺき》な分析《ぶんせき》に頭《こうべ》を垂れるけど、もうちょっと手心を……」

「うーん……うちのクラスってライトな感じだから、ちょっとネタがコアだったかも？　でもワードはよかったし、爪痕《つめあと》は残せたと思うよ？（笑）」

「やめて……そういう『M‐1のときだけお笑い評論をするタイムラインの一般人《いっぱんじん》』みたいなコメントが、寝《ね》る前に一番『うわあああっ！』てなるから……」

町野さんがうれしそうに、口を「ω」の形にした。

「二反田《にたんだ》はいま、『いきなりきてボケ始めるし、テクいすべりいじりをしてくれるし、なんだこの子かわいいな！』って思ってる？」

「その地雷《じらい》系女子みたいな思考回路は置いといて、実際なにしにきたんでしょうか」

かたや高校デビュー失敗系の、ぼっち文化部男子。

かたやクラスでも一軍に籍《せき》を置く、カリスマ主人公系の運動部女子。

お互《たが》いの立場をあらためて考えると、どうしても言葉の端《はし》に服従が出てしまう。

「なにしにきたって聞かれたら……見学？」

「ドミノに興味がおありで？」

「んー……『ハット』と同じくらい？」

「ピザの話してる？」

「冗談《じょうだん》だってば。でも見学させてくれたら、ドミノにも興味を持つかもよ?」

「『にも』?」

待ってましたというように、町野さんがにやりと笑った。

「わたしが興味あるのは、二反田《にたんだ》ってこと」

「僕に……? あっ、まさか——」

急いで廊下《ろうか》に出て、スマホを構えた人間がいないかを探す。

「こんな早い段階で、ドッキリを疑うリアクションとか!」

部室に戻《もど》ると、町野さんがけたけた笑っていた。

「だって……オタクに優《やさ》しいギャルはいるけど、文化部男子に優《やさ》しい運動部女子なんているわけがないし……」

「ひどい偏見《へんけん》」

町野さんが、片側だけ頰《ほお》をふくらませる。

「ご、ごめんなさい」

「オタクに優《やさ》しいギャルなんていないよ」

「そっち?」

「いま世間は『オタクに優《やさ》しくすると勘違《かんちが》いして好きになられる』と警戒《けいかい》する風潮で、ギャルはもちろん誰《だれ》もオタクには優《やさ》しくしないようです」

「ニュースみたいに淡々《たんたん》と言われると、殺傷力が高い……ね……」

町野さんが口を「ω」の形にして、ふふんと笑った。

「でもわたしが二反田《にたんだ》に興味あるのは本当。あの自己紹介《しょうかい》、わたしは面白《おもしろ》かったし」

「体育会系の人にハマるとは思えないけど」

「それは本当に偏見《へんけん》。ここだけの話、運動部の女子って十割オタクだよ」

「意外なデータと見せかけた大嘘《おおうそ》！」

「ともかく二反田《にたんだ》は面白《おもしろ》いよ。もっと自信持って。わたしは十割笑うから」

「大嘘《おおうそ》の上塗《うわぬ》り！」

「二反田《にたんだ》が自己紹介《しょうかい》したときも、『寒っ』とかボソついて、自分はなにも面白《おもしろ》いこと言えないくせに二反田《にたんだ》よりも一段上にいるつもりの人がいたけど——」

「『寒っ』って言われてたんだ……」

さらりと傷口に塩を塗《ぬ》られ、鼻の奥がツンとなる。

「そういう人より、これから三年も続く高校生活のプロローグですべり散らかす勇気を持った二反田《にたんだ》のほうが、百倍かっこいいよ（陽《よう》キャ特有の無邪気《むじゃき》な笑顔《えがお》）」

「町野さん……って、ならないよ！『かっこ陽《よう》キャ特有の無邪気《むじゃき》な笑顔《えがお》』って口で説明した時点で、邪気《じゃき》が立ちのぼってるよ！」

「そう？　笑顔《えがお》はほめられるんだけどなー。じゃあ二反田《にたんだ》は、どういう子がタイプ？」

「たっ……」

町野さんは、ボケの前振《まえふ》りとして聞いたのだと思う。なのに言葉に詰《つ》まってしまった自分のリアルなリアクションが恥《は》ずかしい。

「待って、二反田《にたんだ》。当ててあげる。あれでしょ？　『鼻につく系』でしょ？」

「鼻につく系？」

「特になんとも思っていなかった女の子の、鼻の頭に桜の花びらがくっついた瞬間《しゅんかん》に恋《こい》に落ちる、みたいなセンスが鼻につくやつ」

「好きだけど、言いかた！　鼻で笑う感じ出てる！」

「男の子って好きだよねー。白ワンピースに麦《むぎ》わら帽子《ぼうし》とか、水筒《すいとう》に紅茶を詰《つ》めてピクニックとか。わたしみたいな運動部女子とは真逆の、透明感《とうめいかん》ドヤァな女の子」

「透明感《とうめいかん》のアンチって初めて見たよ」

「残念だね、二反田《にたんだ》。もう桜が散っちゃって」

町野さんの口元が、ほむっと「ω」の形になった。

「そのアヒル口失敗みたいな笑いかた、クラスではしないよね」

ずっとからかわれっぱなしなので、僕は一矢報《いっしむく》いようと試《こころ》みる。

すると町野さんは「ω」の口のまま赤くなり、慌《あわ》てたようにスマホを取りだした。

「もうこんな時間。わたし、部活いくね」

「あ、うん……」

なぜか少し切ない気持ちで、僕は手を上げる。

結局のところ、町野さんは部活が始まるまでの時間つぶしにきただけだろうか。

それとも自己紹介《しょうかい》ですべり散らかした孤独《こどく》な僕を、憐《あわ》れんでくれたのだろうか。

「二反田《にたんだ》。わたし、またきてもいい？『もちろん』。ありがと。じゃね」

「いや言ってないよ！……いいけど」

町野さんが、本当に無邪気《むじゃき》な笑顔《えがお》でくるりとターンした。

するとポニーテールがふわりと揺《ゆ》れ、うなじに張りついていたなにかが見える。

「桜の、花びら……」

僕は唖然《あぜん》として、手からドミノ牌《はい》を落とした。

パタパタと小気味よい音を立てて、床《ゆか》に並べたドミノが倒《たお》れ始める。

あの花びらは町野さんが用意したボケで、僕のツッコミ待ちなのだろうか。

あるいはそれはささやかな奇跡《きせき》で、僕は恋《こい》に落ちるべきなのだろうか。

立ちつくす僕の足元で、倒《たお》れたドミノが一本桜を咲《さ》かせていた。

#2 承認《しょうにん》よっきゅりたい町野さん

この間まで中学生だった僕たちも、高校生の自覚を持ち始める四月の二週目。

春の陽射《ひざ》しが差しこむ空き教室で、僕はあくびをひとつする。

「ふわぁ……」

放課後の喧噪《けんそう》から離《はな》れた部室で、部員は僕以外に誰《だれ》もいない。

活動内容も床《ゆか》にドミノを並べるだけだから、緊張《きんちょう》感なんて持ちようがない。

そんな怠惰《たいだ》なぼっちに活を入れるかのように、部室の引き戸がガラリと開いた。

「もの申したい！　高校生が無限に見続けるあのアプリにもの申したいよ、二反田《にたんだ》！」

現れたのは、制服のスカートにジャージを羽織ったポニーテールの女子生徒。

いつもは笑っているけれど、今日は腕組《うでぐ》みをしてなにやら不機嫌《ふきげん》だ。

「いらっしゃい。町野さんはショート動画がきらいなの？」

町野さんは水泳部に所属していて、クラスでも一軍のポジションにいる。

そんな人が、ぼっち文化部の僕を頻繁《ひんぱん》に訪ねてくる理由はよくわからない。

「『見るのはいいけど撮《と》られるのはいや』って、人類の九十九割が思ってるでしょ」

「過言すぎない？」

「だから部活も遅《おそ》く行くのに、最近は教室でも撮《と》ってる子が多くて……くぅ！」

町野さんの両目が、不等号を線対称《たいしょう》に並べた形で閉じられる。

「まあ僕は撮《と》られたことないけど、町野さんは人気者だもんね」

体育会系らしいキレッキレの動きで、くっきりした目鼻立ちの笑顔《えがお》。教室に輪ができているときは、たいていその中心で町野さんがスマホを向けられている。

「わたしはいいんだよ。踊《おど》るの好きだし。でもなんていうか、全世界に発信なのに、みんなのああいう感じがモヤっと。ほら、わかる？　主にベニちゃんが撮《と》られてて。ギャルちゃんたちも悪い子じゃないんだけど、みんな好きなんだけど」

うちのクラスには、雪出紅《ゆきいでべに》さんという美少女がいる。

お母さんが北欧《ほくおう》出身らしく、金髪碧眼《きんぱつへきがん》で色白で小柄《こがら》。

ただ性格は極《きわ》めて内気らしく、町野さんの陰《かげ》に隠《かく》れている姿をよく見かけた。

「わかるよ。デジタルタトゥーのリスクを自覚している人同士が撮《と》ってアップするのは問題ないけれど、スマホを持ってない、界隈《かいわい》の風潮に詳《くわ》しくない、そういう人だってそれなりにいるのに、コミュニケーション力の高さからくる無自覚な同調圧力で、無自覚な承認《しょうにん》欲求の踏《ふ》み台《だい》にされる感じは、僕も苦手かな」

「おー。二反田《にたんだ》、言語化うまいね。講釈垂《こうしゃくた》れの達人」

「素直《すなお》に喜べない形容」

「喜んでいいよ。内容むずかしくて入ってこなかったけど、気持ちが軽くなったし」

町野さんは機嫌《きげん》よさそうに、口を「ω」の形にした。

「ならよかった。でも共感じゃ問題は解決しないよ」

「なんでもかんでもは解決できないよ。雨が降りだしたら屋根の下で雨宿りをする。いったん服を乾《かわ》かせば、また雨の中を走っていける。人生はそうやってしのいでいくものだって、うちのお父さんがメイドカフェで言ってた、ってお母さんが言ってた」

「ラスト一行で、たたみかけるどんでん返し！」

「でもほんと、二反田《にたんだ》って達観してるよね」

「そ、そんなことないよ。人生一周目だし……」

慣れないほめ言葉に、僕はもじもじしてしまう。

「そのくせ斜《しゃ》に構えてないし、チクチク言葉も言わない。珍《めずら》しいタイプの陰《いん》キャかも」

「気持ちよくなってるところに、どストレートの悪口！」

「わたしも陰《いん》キャ、っていうかオタクだよー。マンガとか読むし。海賊《かいぞく》？　のやつとか」

「僕に話をあわせようとしてくれた美容師さんみたいなフォローやめて」

「乾《かわ》いた笑いでしか返せない、引きつった二反田《にたんだ》が目に浮《う》かぶよ」

「地獄《じごく》みたいな空気だったね……」

「じゃあさ、二反田《にたんだ》。ふたりでショート動画撮《と》ろっか」

「なんで」

「二反田《にたんだ》も踊《おど》ってみたら明るくなって、美容師さんと話が弾《はず》むかもよ」

「ソリューションがパリピすぎる」

「大丈夫《だいじょうぶ》。恥《は》ずかしいのは最初だけ。そのうち撮《と》られることが快感になるからって、お父さんが野良猫《のらねこ》に話しかけてた、ってお母さんが言ってた」

「お父さんのやばさに隠《かく》れてるけど、お母さんもまあまあ怖《こわ》い！」

「ねぇ～え！　動画撮《と》ろうよー。一緒《いっしょ》に踊《おど》ろうよー。ネットには上げないからー」

陰《いん》キャを自称《じしょう》したくせに、町野さんのこういうところはやっぱり陽《よう》だと思う。

「無理です」

「は？　この流れで拒否《きょひ》るとかありえんくない？　空気読めし。承認《しょうにん》よっきゅらせろし」

ミイラ取りがミイラになったのを悲しみつつも、僕は言い訳を思いついた。

「というか僕も、普段《ふだん》からダンス動画を撮《と》ってるんだ」

「それ、ちくわを人質《ひとじち》に取られても同じうそがつける？」

町野さんが、あやしむ半目で僕を見る。

「人を選ぶ脅迫《きょうはく》……さておき、踊《おど》ってるのは僕じゃなくてドミノなんだ」

僕は自分のスマホを取りだし、動画配信サイトのマイページを見せた。

「え、すご。めっちゃ地味」

サムネを見てわかる通り、ドミノが倒《たお》れる動画しかない。登録者数も微々《びび》たるもの。けれど言葉が必要ないコンテンツだから、再生数はそこそこ回っている。

「地味でいいんだ。僕の研究発表みたいなものだから」

「なるほどですね！　なおさらショートでメインチャンネルに誘導《ゆうどう》しないとですね！　最近の登録者数上位は、ほぼほぼショートの人ですしね！　踊《おど》るしかないですね！」

「あやしい動画コンサル風に説得されても、いやです」

町野さんがふむと腕組《うでぐ》みをして考え、やがて頭上に電球が灯《とも》ったような顔になり、ぺろりと唇《くちびる》を舐《な》めながら、妖艶《ようえん》な表情で僕に近づいてきた。

「それじゃあいまから、お耳掃除《そうじ》しますね……カリカリ……カリカリ……踊《おど》ろ♥」

「オタクはこういうの好きでしょとばかりに、耳元でささやかれても――」

「シャンプーしますね……シャカシャカ……シャカシャカ……踊《おど》ろ♥」

「僕は屈《くっ》しない……僕は……」

「はい、シャンプー終わりでーす。移動お願いしまーす。雑誌とか読みますー？　あー、わたしもけっこうオタクですよー。海賊《かいぞく》？　のマンガとか見ますしー」

「天国から地獄《じごく》！」

「もう！　なんで二《に》反田《たんだ》、踊《おど》ってくれないの！」

町野さんが、片頬《かたほお》だけを膨《ふく》らませてむっとする。

「逆に町野さんは、なんで僕と踊《おど》りたいの」

「理由なんてないよ！　二反田《にたんだ》と、おーどーりーたーいー！」

そんな風にかわいく駄々《だだ》をこねられて、僕は屈《くつ》した。

「……わかりました。言っておくけど、僕は運動神経に自信ないからね」

結局のところ、女子のおねだりはベーシックなのが一番強い。

「大丈夫《だいじょうぶ》。女の子がキレッキレで踊《おど》って、男の子がぼーっと立ってて、要所要所で一緒《いっしょ》のフリで踊《おど》る、みたいなやつあるから」

こうして僕は、半ば強引《ごういん》にダンスを教わることになった。

「どう、二反田《にたんだ》」

部室の壁際《かべぎわ》にふたりで並んで座《すわ》り、いま撮影《さつえい》した動画を視聴《しちょう》していた。

「町野さんがプロみたいな動き。笑顔《えがお》が噴水広場《ふんすい》の子どもみたいに満面」

「休み時間とか、けっこう練習してるからね。二反田《にたんだ》自身は？」

「自分が思ってた以上に、僕は無表情なんだなって」

「でも味があってよくない？　いままで見た動画で一番好きかも。わたしにも送って」

町野さんがすこぶる機嫌《きげん》よさそうに、口を「ω」の形にする。

黒歴史はいますぐに抹消《まっしょう》したいけれど、どうも僕はこの口に弱い。

「……送りました」

「うれしいね。こうやって思い出を共有できるの」

記憶《きおく》だけで十分と考えるのは、僕が町野さんと違《ちが》う側だからだろうか。

「まあ町野さんが楽しかったなら、体を張ったかいはあるかも」

「うわ、もうこんな時間。わたし、部活いくね！」

町野さんが急いで立ち上がり、きたときよりも笑顔《えがお》で去っていった。

取り残された僕は、そのままぼんやりと動画を見る。

「たしかになんか、ずっと見ちゃうな……ほかの人のもそうなのかな」

ふと思いついて検索《けんさく》してみたところ、僕の頰《ほお》が徐々《じょじょ》に熱を持つ。

「これ……踊《おど》ってるのカップルばっかりだ……」

町野さん、これもツッコミ待ちなのですか。

あるいは気づいたら自分も恥《は》ずかしくなる、ナチュラルなボケなのですか。

自分と真逆の町野さんが考えることは、本当によくわからない。

＃3　「隠《かく》れ○○」な町野さん

高校生活が始まってそろそろ一ヶ月、という四月の終わり。

「えー、八木《やぎ》選手。球技大会お疲《つか》れさまでした。今日は招集されてすぐの試合で、練習どころかチームメイトの顔すら覚えていない状況《じょうきょう》でしたね。その辺りはいかがですか」

僕はドミノ部の部室で、マイクに見立てたスマホを相手に向ける。

「そうですね。監督《かんとく》は『我々のサッカーを貫《つらぬ》け』と言っていましたが、選手はみんな『我々のサッカー……？』という感じで、終始きょとん顔でプレーしてましたね」

アフロ気味のもっさりした髪《かみ》の少年が、椅子《いす》に座《すわ》って神妙《しんみょう》な顔で答えた。

八木は僕と同じクラスで、放送部の所属。体育の授業で柔軟《じゅうなん》体操をする際、余りもの同士でペアを組んでから話すようになった。部活も同じ文化部だからか馬があう。

「なるほど。それは入学して三週間で球技大会を行うという、大はしゃぎスケジュールを組んだ学校サイドへの批判でしょうか」

「ええ。十月に体育祭があるんだから、そもそも球技大会いらねーだろっていう」

「どんだけ運動部を優遇《ゆうぐう》するんだっていう」

そんな愚痴《ぐち》を言いあう、むなしくも楽しい文化部男子の放課後。

四月の自己紹介《しょうかい》ですべって以来、僕はクラスでうっすら浮《う》いている。

こんなぼっち男子とからんでくれる八木は、見た目も中身もユニークな友人だ。

「こういうの、バカ楽しいな。もっとくれ、二反田《にたんだ》」

「では八木選手。試合を振《ふ》り返《かえ》ってはいかがでしたか」

「サイドバックで出場した二反田《にたんだ》は、天才の片鱗《へんりん》を見せていましたね」

「僕……？　じゃなくて、二反田《にたんだ》選手ですね。それほど目立っていないようでしたが」

「でしょうね。あいつは運動神経3のゴミです」

「言いすぎだ！」

「そのくせライン際《ぎわ》でプレーするから、タッチラインを割りまくる」

「うっ……」

「でもそれも、『敵にボールを取られるよりはましか』と味方に思わせる、ドンマイ感の演出ですよ。彼は『下手なりにがんばろう』というスポーツマンシップのかけらもない、ゲームの流れを止める天才です」

「単に下手なだけなのを粒立《つぶだ》てないで！」

「ちなみに俺は、サッカー部の選手が活躍《かつやく》した際、真っ先に肩《かた》を組みにいくことでモテバフの効果範囲《はんい》に入れたのがおいしかったです」

「どの口がスポーツマンシップを」

「しょうがないだろ。俺たちは文化部だ。スポーツの話題には事欠くっ……！」

たしかにその通りなので、インタビューはやめて普通《ふつう》に話そう。

「八木は、女子の競技とかも見たの」

「ああ。女子バスケの雪出さんは最高だった。身長１４０センチ台でバスケには不向きと思われがちだが、昨今はスリーポイントが主流だから身長は関係ない」

雪出さんは八木と同じ放送部員で、北欧《ほくおう》にルーツを持つ美少女だ。

「でも雪出さん、スリーポイントも打ってなかったけど」

「あの『ちっちゃいけどワタシがんばってます感』とかブフッ、わたわたと躍動《やくどう》する金色《こんじき》の髪《かみ》とかフヘッ、おどおどと周囲をうかがう青い瞳《ひとみ》ブッフフ」

「キモ早口であまり聞き取れなかったけど……僕も雪出さんには庇護欲《ひごよく》を覚えたよ」

ギャルピースをしたら手首をつるレベルの、運動心底《しんそこ》苦手勢《ぜい》。

そんな雪出さんの健気《けなげ》な奮闘《ふんとう》ぶりは、敵チームすら「（がんばれ……！）」と、声を出せないながらに顔芸で応援《おうえん》してしまうレベルだ。

「知ってるか、二反田《にたんだ》。雪出さんはパスをするときに、『えいっ』って言うんだ」

「言ってたね。聞こえないくらいの、ちっちゃい声で」

「そう。その『聞こえないくらい』というのがすべてだ。雪出さんは狙《ねら》っていない。いまから世界に不都合な真実を告げよう。『かわいいは、作れない』。すべては素質だ」

「女子バスケと言えば、町野さんが活躍《かつやく》してたよね」

僕は感想を差し控《ひか》えるべく、別の話題にすり替《か》えた。

「町野さんか。クラスではウェイウェイして見えるが、イベントのときはガチなのが運動部って感じだよな。俺はその躍動《やくどう》を見て初めて気づいたよ。実はけっこうな隠《かく》れ――」

「待って、八木。そういうのはやめとこう」

「なんだよ、二反田《にたんだ》。犬歯はきらいか？」

「隠《かく》れ犬歯ってなに⁉」

「要するに、八重歯《やえば》だな。町野さんはきっと小学生時代、真っ黒に日焼けして鼻の頭に絆創膏《ばんそうこう》を貼《は》っていたと思うんだ、たぶん。立派な運動部キャラになるべく、八重歯《やえば》もすくすく成長していたはずだ、たぶん」

「偏見《へんけん》と憶測《おくそく》以外の情報がない」

「しかしいまの八重歯《やえば》は、明らかに伸《の》び悩《なや》んでいる。それは高校生になった町野さんの見た目が、運動部キャラというにはけっこう色白で、体の一部がすこぶる――」

「八木。それ以上は本当にだめだ」

僕がさえぎると、八木がいぶかしむようにこちらを見る。

「さっきからなんだよ二反田《にたんだ》。町野さんの後方彼氏《かれし》ヅラか？」

「自分を彼氏《かれし》とは思いこんではないよ。そうじゃなくて、もう――」

町野さんがきちゃうからと言う前に、勢いよく部室の引き戸が開いた。

「彼女のことを『相方』って言う男、自分に説教してくれた人を『師匠《ししょう》』って呼びがち」

現れたのは、制服スカートにジャージを羽織ったポニーテールの女子生徒。

謎《なぞ》の「あるある」を言ったその口には、かすかに八重歯《やえば》がある気がする。

「げえっ、町野さん！」

「八木くんが、関羽《かんう》を見た曹操《そうそう》みたいなリアクション！」

あははと笑う町野さんを横目に、僕は脳内で会話のバックログを確認《かくにん》した。

きちんと八木を止めていたので、致命《ちめい》的なことは言っていないはず。

「なんでこんな文化部男子の掃《は》きだめに、運動部女子のヒロインが……」

「なんでって、八木くんと二反田《にたんだ》を呼びにきたんだよ。球技大会の打ち上げにいくのに、教室にふたりともいないから」

「「球技大会の、打ち上げ……？」」

僕も八木も首を傾《かし》げる。そういうのって、文化祭とかだけじゃないの？

「今日は部活休みだから遊べるでしょ。クラスＬＩＮＥで言ってたの、覚えてない？」

「「クラスＬＩＮＥ……？」」

そんなものがあることを初めて知った、ということはないけれど、ぺけぽんぺけぽんうるさいので、僕も八木も通知は切っていた。

「文化部と運動部の違《ちが》い……ってわけじゃないよね。ベニちゃんもくるし」

町野さんが言う「ベニちゃん」は、雪出さんのことだ。

「こうしちゃいらんねえ！　じゃあな、二反田《にたんだ》。俺の球技大会はこれからだ！」

ガタッと椅子《いす》から立ち上がり、八木は逃《に》げるように去っていった。

「さて、二反田《にたんだ》」

町野さんが、腕組《うでぐ》みしながら僕をじっと見る。

「ま、町野さん。バスケの活躍《かつやく》すごかったね」

なにか不都合なことを聞かれる前に、僕はこちらから話しかけた。

「見てくれたんだ。ありがと。でも負けちゃったから、超《ちょう》くやしい」

町野さんは笑っていたけれど、眉《まゆ》の辺りに本当のくやしさが出ている。

「なんか……ごめん。来年は僕も、みんなの足を引っ張らないようにがんばるよ」

「『そんなことないよ』を期待してたら悪いけど、ボケなしのガチ説教するね」

町野さんが片頬《かたほお》を膨《ふく》らませた。

「す、すみません。来年は、ちゃんと運動神経にもステ振《ふ》りします」

「問題はそこじゃないよ。入学してすぐに球技大会をやる意味って、明らかレクリエーションでしょ。みんなでわいわいが目的なんだから、がんばるのは打ち上げじゃないの」

「あ……」

僕が足を引っ張っているのはいまだと気づいた瞬間《しゅんかん》、恥《は》ずかしさで顔が熱くなる。

「『どんだけ運動部を優遇《ゆうぐう》するんだ』なんて考えてるの、きみたちだけだよ。『ゲームの流れを止める天才』のプレーも、誰《だれ》も気にしてないから。はい、お説教終わり」

「『師匠《ししょう》』。もしかして、八木インタビューの最初から聞いてました……？」

むふっと噴《ふ》きだし、口を「ω」の形にする町野さん。

「二反田《にたんだ》は絶対、彼女のことを『相方』って呼ぶタイプじゃないでしょ」

「どうなんだろう……二十年後に婚活《こんかつ》を始めるまでわからないかも……」

「高校生が描《えが》くライフプランじゃないよ！　もっと自分に期待して！　ほら行こ」

かくして僕は、球技大会の打ち上げなるものに初めて参加した。

予約したというカラオケボックスにはクラス全員がいて、僕は特にいじられたりせず、誰《だれ》かと仲が深まったりもしなかったけれど、けっこう楽しい気分ですごせたと思う。

町野さんは離《はな》れた席で「ＫＰ！」なんて陽《よう》キャっぽい乾杯《かんぱい》の音頭《おんど》を取りつつ、僕と目があうと、にやりと笑ってかすかに尖《とが》った犬歯を指さしていた。

八木が胸元《むなもと》のほうの「隠《かく》れ」を言いださなくて、本当によかったと思う。

#4　スイカのゲームしかやる気しない町野さん

ゴールデンウィークが明けた五月の初め。

僕はいつものように、部室の床《ゆか》にドミノを並べていた。

「そろそろ、新入部員とかきてもいい頃《ころ》だけど……」

うちの学校はいまどき珍《めずら》しい、「全員部活加入」という校則がある。

とはいえ自由に部を創設できるので、ブラック校則というほどじゃない。

しかし最初に選んだ部活になじめず、部を創設するのも面倒《めんどう》なんていう人は、「どこかに籍《せき》を置かなければ」と、あちこち見学をする時期だった。

「ドミノはこんなに楽しいのに、なんで人気がないんだろう」

並べて倒《たお》すだけで、生産性がないと思われているのだろうか。

「それなら『学年一位の彼は、ドミノを並べて集中力を養っているらしい』とか、『モテたい人はドミノを買いなさい　～並べて倒《たお》す恋《こい》のドミニケーション～』とか、自己啓発《けいはつ》系のアピールをしていくべきかも……」

いっそ僕が書こうかと思っていると、ふいに部室の引き戸が開いた。

「わらひも、ふうふうもふ、ほひー」

現れたのは、スポーツバッグを斜《なな》めがけにしたポニーテールの女子生徒。

以前はジャージを羽織っていたけれど、五月は長袖《ながそで》ブラウスがメインの模様。

「町野さん。ちくわを食べ終わってから、もう一回お願い」

水泳部に顔を出すまでの数分間、町野さんはここで雑談をしていく。

アスリートのタンパク源として、ちくわは優秀《ゆうしゅう》な食べ物らしい。

「『わたしも集中力欲しい』って言った。記録会が近いから」

「それならドミノじゃなくて、普通《ふつう》に練習したほうがいいと思うよ」

「自分の競技とは違《ちが》うスポーツに取り組む、って練習方法があるでしょ。野球選手がゴルフしたり、サッカー選手がゴルフしたり」

「それオフの趣味《しゅみ》だね」

「というわけで、わたしもドミらせて」

町野さんが部室の隅《すみ》に移動して、半透明《とうめい》の衣装《いしょう》ケースからドミノ牌《はい》を取りだした。

「別にかまわないけど……うっ」

木の床《ゆか》にひざまずいた町野さんを見て、僕は思わず目をそらす。

スカートの丈《たけ》が短いので、たいへんに危《あや》うい。町野さんは水泳部だから下は水着の可能性もあるけれど、今日は体育もないし、朝から放課後まで着っぱなしは考えにくい。

「なるほど。わたし初めて並べたけど、たしかにこれは集中力が養われるね」

「そ、そうだね。S字とか円の形で並べるときは、1ミリのズレでも失敗するし」

「ふーん。つまり二反田《にたんだ》は、集中力に自信があると」

いままさに集中できないのだけれど、それを白状できるわけもない。

「自慢《じまん》みたいになるけど、僕は中学のときドミノの国際大会デザイン部門で入賞したんだ」

「えっ、すご」

「すごくないんだ。デザインは一発ネタで、七十人くらい賞をもらえるから。そのときは自分でも驚《おどろ》く集中力で。並べていて気がつくと、八時間たってたとかはあったかな」

「どうしよう、二反田《にたんだ》。わたしたち、無人島に漂着《ひょうちゃく》したみたい」

「展開についていけない僕に、どうかご説明を」

「いまから二反田《にたんだ》は、無人島に漂着《ひょうちゃく》したって設定でドミノを並べる」

「なんて？」

「無人島に漂着《ひょうちゃく》してなおドミノを並べる、ドミナーの鋼《はがね》の精神を見たい」

「その人もう手遅《ておく》れだよ」

町野さんは請《う》けあわず、力のない表情でため息をついた。

「二反田《にたんだ》。今日でかれこれ、漂着《ひょうちゃく》三日目だね……」

「えっと……そうだね。ずっと雨水以外を口にしていないけど、僕はドミノを並べるよ」

「わたしはドミノより、お風呂《ふろ》に入りたいなあ」

「僕だってそう思いたい」

「ドミナーポイントマイナス一点。気をつけて。マイナス五点で、『電車の中で突然《とつぜん》イヤホンの接続が解除されて、スマホから爆音《ばくおん》でなんか流れる呪《のろ》い』がかかるから」

「『なんか』が健全なやつでも、異様に恥《は》ずかしいやつ！」

その恐《おそ》ろしさに、僕は演技を続けることにした。

「おーい！　……あーあ、行っちゃった。二反田《にたんだ》、また船が気づいてくれなかったよ」

「それでも僕は並べるよ。生きるために、明日への希望をドミノでつなぐんだ」

「一方その頃《ころ》、町野は島の内部で水浴びに適した滝《たき》を見つけていた」

「あっ」

じゃらじゃらと、僕が並べたドミノが倒《たお》れていく。

「ポーン。『並べていて気がつくと、八時間たってたとかはあったかな』」

「プロフェッショナル風の編集を加えた辱《はずかし》め！」

「水浴びしたいという、煩悩《ぼんのう》に打ち勝ってこそのドミナーでしょ」

別に僕は、水浴びをしたくて動揺《どうよう》したわけじゃない。ただでさえ視野に大腿部がちらつくのに、水浴びなんて言われたら想像せざるを得ない。

「『ああ、気持ちいい』。町野は滝《たき》の下を泳ぎ、仰《あお》向けにぷかりと浮《う》かんだ。滝《たき》のほとりに自分を見つめる巨大《きょだい》なチワワがいることに、町野は気づかない……！」

「あっ」

僕は再び、ドミノを倒《たお》してしまった。

「こんなパニック映画によくある演出で動揺《どうよう》するなんて、二反田《にたんだ》は案外キッズだね」

「……面目《めんぼく》ないです」

だって仰向《あおむ》けに浮《う》いたってことは……と、チワワすらスルーする始末。

「あー、ドミノちっとも完成しないし、ひまだなー。電波はないけど、『スイカのゲーム』は遊べてよかったー」

「スマホがあるなら、もっと有益な使いかたしようよ」

「それじゃあ息抜《いきぬ》きにならないんだよ！　もう『スイカのゲーム』しかやる気しないの！」

「恋愛《れんあい》映画の『お互《たが》い仕事が忙《いそが》しくて破局が近いカップルの彼氏《かれし》』と同じテンション……末期症状《しょうじょう》かも……」

「二反田《にたんだ》、おなか空《す》いたね。なにか探しにいく？」

「意外と元気……いや、僕はドミノを並べるよ。ドミナーだから」

「二反田《にたんだ》、セミつかまえたよ。食べる？　羽化《うか》したてのクリーミーなやつ」

「たとえ一週間この生活でも、絶対に食べないよ」

「はむほむ。おいしい」

「町野さんすごいね……って、なんでちくわ食べてるの！」

「泳いでいたのを、銛《もり》でひと突《つ》き」

「加工工程を省略しないで！」

「二反田《にたんだ》、無人島生活楽しいね。フルーツいっぱい落ちてるし」

「それ楽しいの、『スイカのゲーム』だね！」

「二反田《にたんだ》は楽しくない？」

「僕は……ドミノがあればどこだって楽しいよ」

「ひとりでも？」

「いままでドミノ部で、ずっとひとりだったし」

口にしてから、失言に気づいた。

町野さんが、恋愛《れんあい》映画のラストシーンみたいな表情で悲しげに微笑《ほほえ》む。

「そっか。じゃあわたし、泳いで帰るね」

「待って、町野さん！　海は危険だよ！　危険な生物がうようよいるよ！」

「しかし町野は二反田《にたんだ》の制止を振《ふ》り切《き》り、ちくわであふれかえる海へ飛びこんだ」

「なんの問題もなさそう」

「でも空想とはいえ食べ物で遊ぶのはよくないと、町野は戻《もど》ってきた」

「町野さんのそういうところ、素敵《すてき》です」

「夜になってやることもないし、とりあえず寝《ね》よっか」

「そうだね。ドミノも見えないし」

「でも二反田《にたんだ》、星が見えるよ。あの三角形はほら、有名な」

「夏の大三角？」

「ピ座。ドミノ部なのに、なんでわかんないの？」

「1ターンで2ボケ以上されてもツッコめないよ！」

「集中力が足りないんじゃない？　ドミノもぜんぜん並べ終わってないし」

たしかに僕は倒《たお》してばかりで、まだ形にすらなっていなかった。

「そういう町野さんは」

「わたしは集中力バチボコに高いから、むずかしい形もちゃちゃっと完成させたよ。二反田《にたんだ》には悪いけど、ひとりで先に脱出《だっしゅつ》するね」

「ちくわの海へ飛びこむの？」

「ヘリで帰るんだよ。じゃね」

ふいに「ω」の形の口をして、楽しげに部室を出ていく町野さん。

「ヘリってなんの話……ああ」

町野さんが並べていたドミノ牌《はい》を見ると、『SOS』の形になっていた。

#5　デジタルデトックスしたい町野さん

放課後の部室、すなわち校舎の隅《すみ》にある空き教室。

僕は床《ゆか》にドミノを並べる手を止め、立ち上がってカーテンを開けた。

「今日も、五月《さつき》晴《ば》れだなあ」

窓越《ご》しの太陽がクリスタルのような形になって、僕の視界できらきらと輝《かがや》く。

陽射《ひざ》しはまぶしいけれど、そこはかとなく気持ちがよかった。

「僕たちの目はずっとスマホの画面を見ているから、たまにはこうして天日干《てんぴぼ》しをしたほうがいいかも……って、うわぁ！」

窓に背を向けて振《ふ》り返《かえ》ったところ、入り口の引き戸に人の顔がはさまっていた。

「町野さん、なにやってるの」

引き戸に顔をはさまれているポニーテールの女子生徒は、僕のクラスメイトだ。

「当てて」

町野さんが無表情のまま、ぼそりと言う。

「サイコホラー映画、『シャイニング』の再現？」

あのシーンの場合、厳密には壊《こわ》したドアの隙間《すきま》から顔を見せるのだけれど。

「はずれ。YouTuberが『緊急《きんきゅう》で動画回してます』って言ったときの猫《ねこ》のまね」

「たしかに猫《ねこ》ははさまるの好きだけど、なに見てもそんな顔じゃないかな」

「なんか最近のネットって、人の感情を利用するところがあるでしょ」

どうやら今日の町野さんは、機嫌《きげん》がよろしくないらしい。

「それこそYouTubeでよく見る、『大切なお知らせ』とか？」

「そう。黒背景に白文字サムネで驚《おどろ》いて見にいくと、グッズの販売《はんばい》告知だし」

町野さんが部室に入ってきて、机を椅子《いす》代わりにして座《すわ》る。

「あるね。極論をタイトルにして、読者を釣《つ》るネットニュースとか」

「ほんとそれ。『アイドルノーバン始球式』とかさあ。こっちは心配して見にいくのに、ちゃんとはいてるし」

「それ本当に心配した？」

「でも心理学的っていうか、膝《ひざ》をコンってたたいたら足が動くみたいな感じで、情緒《じょうちょ》を勝手にコントロールされてる感じがやなんだよ。二反田《にたんだ》、この感覚を言語化して」

「最近の集客方法はゲスい」

「手抜《てぬ》き。でもその通りなんだよね。人の子はやりすぎた」

「妖怪《ようかい》の目線」

少し機嫌《きげん》がよくなったようで、町野さんの口が「ω」の形になる。

クラスでは見せない町野さんのこの笑いかたが、僕はけっこう好きだ。

「というわけで、二反田《にたんだ》。ネット断《だ》ちしよう」

「IT系の社長さんとか、よくやってるね。デジタルデトックス」

「そう。スマホをぽいーして、山の中とかで一週間暮らすんだよ。ぶらぶら散歩したり、下駄《げた》を履《は》いたり、鼻を伸《の》ばしたりしてね」

「手頃《てごろ》な妖怪《ようかい》として、天狗《てんぐ》を目指そうとしてる？」

「あー、空気がおいしい。やっぱり山は最高だなー」

町野さんはシームレスにコントインしたらしく、両手をあげて伸《の》びをしている。

僕も日光浴の気分になっていたので、少しつきあうことにした。

「そうだね。たまにはこういう静かなところで、本でも読んで――」

「ジジジジ！　ミーンミンミン！　ニイニイ！　ほっすぃ、つくつく！　シャンシャンシャン！　カナカナ！　ミョーキン、ミョーキン、ケケケ！」

「各種セミがけたたましい！　あと最後に変なのいる！」

「エゾハルゼミのこと？　ぜんぜん普通《ふつう》のセミだよ？　ちょっと生息域の標高が高いけど」

「あだ名が『昆虫博士《こんちゅうはかせ》』の小学生みたいなマウントの取りかた」

さておき町野さんが昆虫《こんちゅう》に詳《くわ》しいという情報は初出なので、スマホにメモしておこう。

「さて、二反田《にたんだ》。今日からこの山小屋が、わたしたちの家だよ」

僕は少し目を閉じて、それっぽい情景を思《おも》い浮《う》かべた。

「……うん。ログハウスっていうのかな？　味があっていいね」

「キッチンもかわいい！　二反田《にたんだ》、コーヒー飲む？」

「あ、うん。もらおうかな」

「アレクサー、お湯沸《わ》かしてー」

「町野さん、ネット断《だ》ちする気ある？」

「ありまくりだよ。じゃあお湯を沸《わ》かすために、まずは木を伐《き》ろう」

「そこまでエクストリームにしなくても」

「えっと斧《おの》は……あったあった」

「ところで町野さん。これって一週間素泊《すど》まりなの？」

「インスタのストーリー野郎《やろう》？」

「言ってないよ！　耳がネットを求めてるよ！」

「自炊《じすい》設定でいこっか。晩ごはんは焼きちくわでいいよね？　あっ、スマホがないからレシピが検索《けんさく》できない……」

「焼きちくわ、レシピいるかな……？」

さておき妄想《もうそう》の中ですら、ネットがないとなかなかに不便だ。

「あ、窓の外にスズメ！」

「最近はスズメも見なくなったよね」

「二反田《にたんだ》、マスターのボール持ってる？」

「スズメ相手に過剰《かじょう》！　……じゃなくて、現実の鳥は捕《つか》まえちゃだめだよ」

「見て見て。外に出たら雪が降ってる」

「五月なのに？」

「山の天気はあなどれない……フフ。もうどこにも行けないね、わたしたち」

「いま僕の脳内を、各種ホラー映画のあらすじが駆《か》け巡《めぐ》ってるよ」

「わたしごはん作っておくから、二反田《にたんだ》はお風呂《ふろ》入っちゃいなよ」

「そうさせてもらおうかな。町野さん、ちくわを焼くのは弱火でね。屋根裏で変なもの見つけたりしないでね。無駄《むだ》に大きい冷蔵庫とか、絶対に開けちゃだめだからね」

死亡フラグつぶしは、このくらいでいいだろう。

「二反田《にたんだ》、お湯加減どうかなー？」

「いい感じだよー。『二反田《にたんだ》を煮《に》たんだ』とか、B級ホラー展開されなかったしー」

「え、なに、聞こえない。ちょっと待ってて……どごっ、ばきっ、ばりばり」

「これはたぶん、斧《おの》でお風呂《ふろ》のドアを壊《こわ》してるんだね」

「『二反田《にたんだ》のダジャレセンス、うちのお父さんと大差ないねえ！』と、ドアの裂《さ》け目《め》から笑顔《えがお》を出す町野」

「冒頭《ぼうとう》の『シャイニング』を回収するために、そこまでしなくても」

でもちょっと楽しいし、悲しくもあるので、「ぎゃー」と悲鳴も上げておいた。

「さて。ごはんも食べたし、暖炉《だんろ》の前でくつろごっか。右手にはシャンメリー。チルいね」

「うん。薪《まき》の爆《は》ぜる音とか、ロッキングチェアーとか」

「やっぱりネットがないと、人生が色づく気がするね。しゅぽっ」

「左手がエアータイムライン更新《こうしん》してる！」

「＃やだな　＃そんなわけ　＃ないでしょ」

「自己顕示《けんじ》欲の禁断症状《きんだんしょうじょう》！」

「じゃ、二反田《にたんだ》。そろそろ寝《ね》ようか。恐《おそ》ろしくやることがないし」

「それをしにきたんだけどね」

「二反田《にたんだ》って、好きな人いるの？」

「なんか修学旅行の夜みたいになってきた」

「え、わたし？　わたしは……いるよ？　えー、言えないよー」

「質問を求められてる気がする……その人は、身近にいる人？」

「たぶんそう。部分的にそう」

「アキネーターみたいに……それって、同じクラスの人？」

「いいえ」

そう聞いて、ほっとしたような、悲しいような、複雑な感情を抱《いだ》いた。

「どうしたの、二反田《にたんだ》？　質問してくれないなら、勝手に答えちゃうよ。わたしが好きな人はねえ、野球をやってて――」

今度は確実にショックを受けつつ、続く言葉を待つ。

「――ボールがちゃんと、キャッチャーまで届くの。アイドルなのに」

「よかった……ノーバン始球式のアイドルだった……」

町野さんには聞こえない声でつぶやき、僕は胸をなで下ろした。まあアイドルを「身近にいる人」と考えている時点で、あまりよろしくはないのだけれど。

「おはよう、二反田《にたんだ》。いい朝だね」

「おはよう、町野さん。やっぱりネットがないと、羽を伸《の》ばせるね」

「二反田《にたんだ》も？　わたしも鼻を伸《の》ばせたから、下山して人の子に制裁を下せるよ」

「町野さんが立派な天狗《てんぐ》に！」

いい感じにオチたところで、町野さんの口が「ω」の形になった。

「ありがとね、二反田《にたんだ》。おかげで、めっちゃストレス解消できた」

きたときよりも、笑顔《えがお》で去っていく町野さん。

気のせいかその足音は、一本歯下駄《いっぽんばげた》のごとくにカッカと聞こえた。

#6　マックのＪＫになりたい町野さん

カーテン越《ご》しの光がほどよくあたたかい、晩春の一日。

僕は放課後の空き教室で、水筒《すいとう》のお茶を飲みながら床《ゆか》にドミノを並べていた。

なぜなら僕はドミノ部で、ここはドミノ部の部室だから。

「いや老後か！」

ドミノをはさんだ僕の正面で、逆向きで椅子《いす》に座《すわ》った少年が叫《さけ》ぶ。

このアフロもどきの髪型《かみがた》をした少年は、僕のクラスメイトで放送部に所属する八木。

今日は部活が休みだとかで、僕をひやかしにきたらしい。

「まあ老後も、僕はこうしてるんじゃないか、なっと」

あえて音が出るように、ドミノ牌《はい》を床《ゆか》に設置する。

「パチンじゃないんだわ。碁《ご》を打つみたいに並べやがって。俺たちはまだ十六だぞ」

「まだ五月だから、大半が十五だと思うよ」

そういえば、町野さんの誕生日はいつだろう。すぎてなければいいけれど。

「細けぇことはいいんだよ！　おまえそれでも若人《わこうど》か。『男子十六になれば、突発《とっぱつ》的な海水欲に衝《つ》き動《うご》かされるものなり』とリョーマも言ってるだろ！」

ここで言う『リョーマ』は、同じくクラスメイトの坂本《さかもと》くんのあだ名だ。

「聞くまでもない気がするけど、海水欲ってなに」

「海へ行って水着のおねえさんを見たい欲……と思うじゃん？」

「こっちの反応を見て変えてきた」

「水着のおねえさん見ようぜって、早朝五時にチャリかっ飛ばして昼すぎに海に着いて、半分徹夜《てつや》の変なテンションでナンパしようぜって盛り上がって、でもタトゥー入ってるギャルとかチキって声かけられなくて、自分たちでもギリいけそうな黒髪《くろかみ》の子を探してやっぱり声かけられなくて、帰りにラーメン食いながら反省会したいって欲望だ！」

「それしばらくは『黒歴史』で、十年たったら『青春』って呼ぶ事象だと思うよ」

でも頭に浮《う》かんだ情景は、悪くない気がする。

「そう！　つまり俺は、輝《かがや》かしい青春を送りたいんだ！　そのはじめの一歩として、二反田《にたんだ》に部活をサボらせてマックに行く！」

「目標に比べて、歩幅《ほはば》がアリエッティすぎる」

「そういうわけで、行こうぜ親友」

「ぼっちがみんな、『親友』って言葉で釣《つ》れると思ってる？」

「あとひと押しの、ニチャァ顔だが」

それはまあ、うれしいもの。

「ともかく、僕は行かないよ。部活があるんだから」

「二反田《にたんだ》。俺たちは文化部だぞ。運動部みたいに試合があるわけでもないのに、なぜかたくなに毎日ひとりでドミノを並べる……？」

「子どもがレゴやマイクラに夢中になるのと同じだよ。僕はドミノが好きなんだ」

「そんなの俺だってそうだ。将来は自分で番組を作るって決めてる。だからこそ、青春が必要なんだ。この松ぼっくり頭以外の、残念エピソードが」

「だったらそれこそ、雪出さんを誘《さそ》えばいいじゃないか」

雪出さんは金髪碧眼《きんぱつへきがん》で身長低めな、ミックスルーツのクラスメイト。

八木とは出身中学が同じで、部活も同じ放送部に所属している。

「無理に決まってるだろ！　雪出さんは外国文化で育《はぐく》まれたんだ。タキシードを着てリムジンで迎《むか》えにいかなきゃ、鼻にもかけられない。俺はまだ免許《めんきょ》を取れない……！」

「外国人はアカデミー賞のセレブみたいな人だけじゃないし、リムジンは自分で運転しないんじゃないかな」

「だから二反田《にたんだ》。俺が立派な外国人になるために、マックへ行こう！」

「ここへきて、目的と手段が合致《がっち》した……？」

そんな錯覚《さっかく》に陥《おちい》りかけたところで、部室の引き戸が開いた。

「こんちくわっと」

くわえちくわで現れたのは、スポーツバッグを斜《なな》めがけしたポニーテールの女子生徒。

水泳部に所属する町野さんは、いつも部活の前に僕と雑談していく。

「うお、町野さん」

驚《おどろ》いた様子の八木が、説明を求めるように僕を見た。

「えっと……その、最近なんとなく、仲よくなって……」

「かー、そういうことか！　かー！　どうりで部室に入《い》り浸《びた》る、かー！」

「残念。そういうんじゃないんだー。二反田《にたんだ》とはなんか気があうから、部活の前に軽くおしゃべってるだけだよ」

町野さんは逆ギレもせず、照れたりもせず、笑顔《えがお》で言い切った。

こうなると八木も、興《きよう》をそがれていじれない。

「まあドミノ部の部室は、橋の下みたいな居心地《いごこち》のよさがあるからな……」

「ね。んで八木ちゃんは、橋の下でなにしてんの？」

町野さんがすぐに乗っかる。

「なんも。部活休みでヒマだから、マック行こうぜって二反田《にたんだ》を誘《さそ》ってた」

「いいなー。わたしも行きたーい。練りこんだエピソードトークを話して、『～って、マックでＪＫが言ってた』って、盗《ぬす》み聞かれて無断投稿《とうこう》されたーい」

「マックのＪＫって、ネットミームじゃなくてガチだったの？」

みんなおじさんの創作だと思っていたのに。

「さすが運動部はノリいいね。んじゃ、町野さんも俺らと行っちゃう？」

「んー……今日はやめとこっかな。わたしがサボっちゃうと、体育会系の先輩《せんぱい》たちがまああさびしがるから」

町野さんの水泳部は人数が多く、大半がジム代わりにプールを利用するカジュアル部員らしい。おかげで体育会系は居心地《いごこち》が悪いという、ちょっと珍《めずら》しい運動部だ。

「んじゃ、町野さんが行ける日があったらってことで。俺、学校帰りにマック寄るの好きなんだ。駅前で詩を売ってるやつ風に言うと、『かけがえのない無駄《むだ》』って感じで」

「わかるー！　その『これで五百円……』って感じのフレーズ、ちょうどいいよね」

なにやら町野さんと八木が、意気投合している。

「じゃ、今日は帰るわ。アディオス、アミーゴス！」

八木はあっさり部室を出ていった……かと思いきや、再び顔だけを出した。チョキを作って自分の両目に向け、次いでそれを僕に向ける。「見ているぞ」のジェスチャーだ。

「八木ちゃんて、絶対ドラゴンの書道セット使ってた感じだけど、いい人だよね」

「独特な偏見《へんけん》……まあ悪人ではないと思うよ、悪人では」

「最初は二反田《にたんだ》とふたりでマック行くはずだったでしょ。八木ちゃんは、わたしに気を使ってくれたんだよ。目の前できみたちがいっちゃったら、わたしがさびしいもんね」

「そこまで大人な判断するかなあ」

「大人と言えばさ。ゴールデンウィーク明けから、なんかみんな大人っぽくない？」

八木が座《すわ》っていた椅子《いす》に、町野さんが同じ姿勢で腰《こし》を下ろす。

「ちょっとわかるかも。髪型《かみがた》とか制服の着こなしかたとか、かっこいい男子を見るとドキッとするよ。自分が幼く感じて」

「みんな色気づいちゃって焦《あせ》るよ。この間まで一緒《いっしょ》にダンゴムシ丸めてたのに」

「町野さんの場合、盛ってるのか本当なのか」

「恋《こい》バナとかは好きだけど、恋愛《れんあい》はさすがにちょっと遠いなー」

「僕もそうかな。でも町野さんは、モテそうだけどね」

うちのクラスには雪出さんがいるから、美少女という軸《じく》では見られていないと思う。けれど町野さんは顔もいいし、性格も含《ふく》めた総合人気は間違《まちが》いなく一位だろう。

「それはね。二反田《にたんだ》よりは、どうしてもモテちゃうよね」

「並んで泳いでいたはずなのに、急に背中が見えなくなった」

町野さんの口が、機嫌《きげん》がよいときの「ω」の形になった。

「わたしの速さはレベチだからね。でもターンして、二反田《にたんだ》のところに戻《もど》ってくるよ。わたしはこの部室で息継《いきつ》ぎしてる、みたいなとこあるし」

「それって……ここ以外では苦しいこともあるって意味？」

町野さんがうつむいて、さびしそうに笑った。

「ごめん、二反田《にたんだ》。意味ありげな表情したけど、シリアス展開に至る悩《なや》みなかった」

「そこまで打ち明けてくれると、本当だって信じられるよ」

とはいえ町野さんはクラスの中心にいるし、部活でもおそらくは体育会系のまとめ役。ストレスみたいなものは、それなりにあるのだと思う。

「八木ちゃんも言ってたけどさー、ここは居心地《いごこち》がいいんだよね」

「じゃあドミノを並べてないときは、まめに換気《かんき》しておきます」

僕にできるのは、息継《いきつ》ぎをしやすくすることくらいだろう。

「さて。わたし、そろそろ部活いくね」

「あ、うん。がんばって」

町野さんは部室を出かけたところで、くるりと振《ふ》り返《かえ》る。

「二反田《にたんだ》。いつか絶対、マック行こうね」

「う、うん。必ず」

たかがファストフード店に行くだけのことを、僕たちは大事な約束のように扱《あつか》った。

たぶん「かけがえのない無駄《むだ》」が、十年後に輝《かがや》くような気がするからだろう。

#7 メイド解像度が高い町野さん

六月に入ると、衣替《ころもが》えというものがある。

僕はブレザーから半袖《はんそで》シャツに切《き》り替《か》わるだけだけれど、人によってはインナーにこだわったり、脱毛《だつもう》してみたりと、それなりにたいへんであるらしい。

「そういえば、町野さんの夏服はどんな感じかな」

床《ゆか》にドミノを並べながら、ふと考える。

町野さんは僕のクラスメイトで、水泳部に所属する人気者の女子。

なぜかドミノ部の部室を気に入っていて、部活の前によく寄ってくれる。

「クラスでは席が遠いからよく見えなかったけど、なんかひとボケしてきそう……」

過去の経験からそんな予測を立てたとき、部室の引き戸がガラリと開いた。

「新成人、約四割の女性が交際経験なし」

現れたのはやっぱり町野さんだったけれど、その装《よそお》いが予想外すぎる。

上は半袖《はんそで》の夏服ではなく、パフスリーブの白ブラウス。

黒髪《くろかみ》のポニーテールには、白いヘッドドレスまで飾《かざ》っている。

「なにからツッコむべきか迷うけど……とりあえず、なんでメイド服なの町野さん」

「世間一般《いっぱん》の男子と同じく、二反田《にたんだ》みたいな者もメイドさん好き？」

うっすら鼻で笑いながら、町野さんが尋《たず》ねてくる。

「なんか下に見られてるけど……まあ、きらいではないよ。あと僕の質問はスルー？」

「じゃあ、ためしてみようか。わたしメイドさんやるから、二反田《にたんだ》はお客さんね」

「慣れを感じる、漫才《まんざい》コントの入り」

「ただいま、ご主人さま」

「えっ、メイドさんが家にくるパターン知らないけど……とりあえず、おかえり？」

「あー、今日も疲《つか》れたよ、ご主人さま。うちのお店、キャストの仲が悪すぎでさー。オタクの取りあいとか、リアルタイムで専スレに悪口とか、もう出勤するだけでスタミナ全消費。いいかげん、別のコンカフェに転生したいわー」

「初手からメイド幻想《げんそう》ぶち壊《こわ》しにきた！」

「でも平気。お金はわたしがなんとかするから、ご主人さまはバンドに集中して」

「いやな役を押しつけられたなあ……」

「え、三万貸して？　機材を買う？　でも前もそう言ってパチスロ打って……ごっ、ごめんなさい！　殴《なぐ》らないで！　わたしの『ちくわ天まくら』を殴《なぐ》らないで！」

「たぶん、デコボコして寝《ね》にくかったんだろうね……」

しかしこの展開だと、僕はどこからコントに入ればいいのだろう。

「あーあ。ピが怒《おこ》って出ていっちゃった。しょうがにゃい。オタクくんに慰《なぐさ》めてもらお。『もうだめかも』っと……送信」

「ごめん、町野さん。そこで『話聞くよ』とは返せないよ。文化部男子のほろほろメンタルでは、その解像度高めの設定に耐《た》えられません」

町野さんが腕組《うでぐ》みして、「うーん」とうなる。

「世間はさー、『恋愛《れんあい》はコスパが悪い』みたいに言ってるけどー。でも実際デートスポットに行くと、カップルだらけじゃない？　二反田《にたんだ》、どういうこと？」

「パン屋さんに行って、『パンしか売ってない！』って言うようなもの」

「もっと忖度《そんたく》して」

「『四割が交際経験なし』はフェイクニュースで、みんなこっそり恋愛《れんあい》してるよね」

「でしょ？　わたし、このままじゃ生涯《しょうがい》独身かも」

「それだけは、絶対にないと思うよ」

「お父さんもそう言ってくれた。『メイド好きの男を捜《さが》せば結婚《けっこん》できる』って」

「父親には、もっとかっこいいこと言ってほしいな！」

「だから二反田《にたんだ》を一般《いっぱん》男子と想定して、メイド好き具合をテストしてみたわけ。どう？　オムライスにハート描《か》いたりしてほしくなった？　ケチャップを詰《つ》めたちくわで」

「なんでちくわ経由するの……とりあえず、町野さんのメイド姿は似あってるよ」

「へへ、ありがと——」

町野さんが照れたように笑い、すぐにすんと真顔になった。

「わたしのことは聞いてないから。わたしが知りたいのは、一般《いっぱん》男性がどれくらいメイドさんを好きかってこと」

「みんなそれなりに好きだと思うけど……それが結婚《けっこん》に結びつくの？」

「結婚《けっこん》予定のカップルが最初に向かう店って、結婚式場《けっこんしきじょう》か不動産屋さんなんだって」

「例外は多そうだけど、まあ妥当《だとう》かも」

「そういう店で男の人は、担当者の女性から『ご主人さま』って呼ばれるんだよ。つまり結婚《けっこん》すれば、あらゆるところでメイドカフェ気分が味わえるって、お父さん談」

「天才か……ってならないよ！　お母さんが知ったら泣くよ」

「『私と結婚《けっこん》すれば、ほかの女性からご主人さまって呼ばれるかも』ってメイド好きを口説けばいいって、お母さん談」

「お母さんのほうが、闇《やみ》が深かったね……」

「というわけで、最後のテストです」

町野さんが振《ふ》り返《かえ》ったタイミングで、またも部室の引き戸が開いた。

「スズリ。ほんとに、こんなとこにいるデス？」

ひょこりと顔を出したのは、くりっと丸い金髪《きんぱつ》ボブの女子。

その瞳《ひとみ》はカラコンではない青で、やはりと言うべくメイド服を身につけている。

「あ、雪出さん。こんにちは」

この小さめなメイドさんも、僕のクラスメイトだ。北欧《ほくおう》系のお母さんの血を引いているという美少女は、噂《うわさ》通りに内気で僕とは目をあわせてくれない。

「二反田《にたんだ》はさー、いまいちメイドさんはまってないみたいだけど。でもベニちゃんの『お帰りなさいませご主人さま』を聞いたら、さすがに屈《くっ》するでしょ」

町野さんが適当に振《ふ》ると、雪出さんが「えっ、えっ」と慌《あわ》てた。

しかし持ち前の空気読み力を発揮して、初めて会話する僕に上目遣《うわめづか》いで言う。

「おっかーえルゥィナサイマァセエ、ご主人サムァ」

雪出さんは、日本生まれの日本育ち。

けれど周囲は「こんな金髪碧眼《きんぱつへきがん》美少女が日本語を話すわけがない」と思いこみ、日本社会で育った雪出さんも空気読みに長《た》けているため、親密でない人の前では、「誇張《こちょう》しすぎた外国人タレント風の日本語」を話すのだった。

「二反田《にたんだ》、固まっちゃったね。メイドベニちゃんに、わからされちゃったね」

町野さんが機嫌《きげん》よさそうに、口を「ω」の形にする。

個人的には「面白《おもしろ》さ」が「かわいさ」を超《こ》えちゃった気がするけれど、即座《そくざ》にリアクションできない美少女パワーに圧倒《あっとう》されたのは事実だ。

「スズリ、二反田《にたんだ》サンと仲いいんデスネ。教室で話してるの見たことないカモ……」

雪出さんがちらと僕を見て、すぐに目をそらす。

町野さんはいわゆる「一軍」の女子で、僕はモブキャラの文化部男子。ふたりが仲よくしゃべっていたら、違和感《いわかん》があって当然だろう。

「別に隠《かく》してるわけじゃなくて、単に教室だと居場所が違《ちが》うっていうか。ほら、クラス公認《こうにん》のカップルなのに、学校ではほぼほぼ話さない男女とかいるでしょ？」

町野さんの最悪なたとえに、雪出さんは予想通りの反応をする。

「ふたりはつきあってるデス⁉」

「えっ、違《ちが》うよ。えっと、仲はいいけど、まだ……あっ、また誤解を招く」

町野さんが珍《めずら》しく慌《あわ》てているので、カップル発言は天然だったらしい。

「いま町野さんが言いたかったのは、テニス部の人がダブルスを組む相手と、部活が終わって一緒《いっしょ》に帰る友だちは別、みたいな話だと思うよ」

「……ソウナンディスカ」

僕の返答に、雪出さんが距離《きょり》を感じるカタコトで返した。

「二反田《にたんだ》、ナイスフォロー。じゃ、ベニちゃん。そろそろ、ずらかろっか」

「えっ、えっ？」

うろたえる雪出さんの手を取り、町野さんが去っていく。

そして入《い》れ替《か》わりに、見慣れたアフロ気味の頭が部室に入ってきた。

「おい、二反田《にたんだ》！　いま学校中に、メイドさんがあふれてるぞ！」

「いまその片鱗《へんりん》に触《ふ》れたけど……なんでそんなことになってるの」

「学校のどっかで、昔の文化祭の衣装《いしょう》が大量に見つかったらしい。その場にいた女子がノリで着て、ゾンビみたいに仲間を増やしてる。俺たちの雪出さんもメイドだ！」

「その騒動《そうどう》の主犯、ケチャップの詰まった違法ちくわも所持してるよ」

「二反田《にたんだ》、ドミノってる場合じゃねえぞ。気づいた教師たちが、メイド狩《が》りを始めてる。俺の頭が松ぼっくりみたいなうちは、雪出さんに指一本触《ふ》れさせないぜ！」

八木にうながされ、僕は渋々《しぶしぶ》に外へ出た。


小雨《こさめ》が降る中、笑いながら逃《に》げるメイド服の女子たち。

女子を「こらー！」と追い回す、まっとうな先生がた。

先生がたへタックルを決める、不純な男子生徒ども。

最後は虹《にじ》まで出ちゃったエンタメ感あふれる光景を、僕は一生忘れないと思う。

#8　スク水が武器の町野さん

　しとしとと降る六月の雨音が、部室の窓越《ご》しに聞こえていた。

　その一方で、廊下《ろうか》からは数字を叫《さけ》ぶ大きな声が聞こえる。

　グラウンドが使えない梅雨《つゆ》の間、サッカー部は主に廊下《ろうか》で筋トレするらしい。

「文化部以外は、雨の影響《えいきょう》があってたいへんだなあ」

　ドミノ部の僕はつぶやいて、いつものように床《ゆか》に牌《はい》を並べる。

「まあ室内プールで活動する、水泳部も関係ないだろうけど」

　そんなひとりごとをつぶやいていると、部室の引き戸が開いた。

「わたしはホットサンドメーカーを推《お》すけど、二反田《にたんだ》は？」

　現れたのは、半袖《はんそで》ブラウスにスポーツバッグを斜《なな》めがけした女子生徒。

　町野さんは僕のクラスメイトで、まさしく水泳部に所属している。

「俺はやっぱり、フライパンだと思うんだよな」

　答えたのは僕ではなく、町野さんに続いて入ってきた男子生徒。

　このもっさりアフロ気味な髪《かみ》の八木も、僕のクラスメイトで放送部の所属だ。

「ふたりが一緒《いっしょ》なんて珍《めずら》しいね。で、調理器具の話？」

「部活対戦格ゲーが出たら、調理部の武器はなにかって話」

町野さんが、ある種の男子が大好きなテーマを提起する。

「了解《りょうかい》。じゃあ僕はジャッジするよ。ファイッ」

「どう考えたって、武器はフライパンに決まってるだろ。なにしろ攻守《こうしゅ》に使えるんだ。みんな大好きな大乱闘《だいらんとう》ゲーでも、フライパンは2キャラが採用してる」

まずは八木が、持論を展開した。

1キャラはお姫《ひめ》さまだったと思うけど、もうひとりは誰《だれ》だっけ。

「その辺りが男子の想像力の限界だよねー。八木ちゃんフライパンエアプでしょ？　あれ重いんだよ。取り回しが利《き》かないから、殴《なぐ》るのすごくたいへんだった」

「……なにを殴《なぐ》ったかは聞かないけど、経験談は強いね。町野さん1点リード」

僕はかすかに震《ふる》えながら、指を一本立てた。

「ならフライパンの代わりに、どの調理器具を武器にするかだ。包丁はさすがにエグい。かといって、ホットサンドメーカーってどうなんだ？　要はちっちゃいフライパンだろ」

八木の指摘《してき》は悪くない。さあ町野さんはどう返すか。

「なんだろう……うそつくのやめてもらっていいですか？　なんかそういうデータあるんすか？　それってあなたの感想ですよね？」

「小学生並みに反論のクオリティがひくゆき！」

これはさすがにポイントマイナスかと思ったけれど、町野さんはめげずに続ける。

「わたしの知りあいに焼いた魚の目をした性格の屈折《くっせつ》した男子がいるんですけど。彼は『モテなくても、せめてきらわれないようにしよう』って感じで、クラスで存在を消してるんですよね。それに比べると八木ちゃんは悪目立ちしてますよね（笑）頭丸いですよね（笑）」

「……町野さん、1ポイント」

「おい、二反田《にたんだ》！ いまディスられたのは、どっちかっていうとおまえだぞ！」

「わかってるけど、まちゆきは八木の主張をきちんと否定できてたから……」

僕は涙《なみだ》をこらえつつ、もう一本指を立てた。

「八木ちゃん。ホットサンドメーカーは、たしかにフライパンと同じカテゴリだよ。でもその重さはほどよくて、ハンマー的に使うことができるわけ」

「だったらそれこそ、フライパンのほうがいいんじゃないか」

「ベニちゃんの椅子《いす》の座《すわ》りかたくらい浅いね。ホットサンドメーカーは、ふたつに分解できるわけ。それこそ男の子がみんな大好きな、『二刀流』が可能なんだよ……！」

「おお……！　勝者、町野さん」

深く座《すわ》ると足がぶらぶらしちゃう雪出さんを想像しつつ、僕は勝敗を言《い》い渡《わた》した。

「まいったな。負けを認める。町野さんは運動部なのにセンスがいい。そのセンスで水泳部の武器を設定すると、ビート板を盾《たて》にするとかか？」

「やれやれ。きみたち『泳《およ》がな人《びと》』はまだそんなとこ？」

「泳がな人……ツッコまなくていいのか、二反田《にたんだ》」

「まだ泳がせておくよ」

「わたし、ずっと思ってたんだよね。スイマーにとって一番の武器は、水着そのもの」

「ほうほう。水を操《あやつ》る力が備わってる、みたいなやつか」

八木と同じく、僕も興味深く拝聴《はいちょう》する。

「競泳水着は水を弾《はじ》くけど、若かりし頃《ころ》に着たスクール水着って、水を吸うとめっちゃ重いんだよね。あれでばちゃんばちゃんひっぱたかれたら、すごい痛いと思う」

「「まさかの物理！」」

期待した水泳要素が出てこないことを嘆《なげ》くのは、僕たちが泳がな人だからだろうか。

「いやあ、面白《おもしろ》かったな。町野さん、今度は前に言ってたマックで話そうぜ」

「いいね。じゃあテストの打ち上げしよ。わたし、ベニちゃんを誘《さそ》ってみるよ」

「マジか。俺は誰《だれ》を誘《さそ》うかな。この場にいるというだけで、自分も勘定《かんじょう》に入ってるつもりのやつは置いといて……」

「くっ！　……僕も行きたいです。八木さん、誘《さそ》ってください」

僕がすがると、町野さんが大きな声で笑った。

ふたりきりのときとは、笑いかたがだいぶ違《ちが》うなと思う。

「じゃ、俺は部活行くわ。アディオス・アミーゴス！」

八木が指二本をぴっと振《ふ》って去ると、町野さんが「さて」と僕に向き直る。

「二反田《にたんだ》、ここからが本題だよ」

「珍《めずら》しくふたりできたから、なにかある気はしてたよ。八木のこと？」

「まあね。八木ちゃんはこれから部活でベニちゃんと会うんだから、自分で誘《さそ》えばいいのにって思わない？」

「思うけど、誘《さそ》えないのもわかるよ。雪出さんは高嶺《たかね》の花だし」

相手にされないというよりは、自分で身《み》の程《ほど》を思い知る感じだと思う。雪出さんはみんなのアイドルだから、遠目に見守るだけでいい的に。

「それねえ、たぶん違《ちが》うんだよ。あのふたり、出身中学が同じでね」

「ああ、うん。それは八木から聞いてる」

「どうやら昔は、仲よくしゃべってたらしいんだよ」

「そうなの？　いまはふたりがしゃべってるのなんて、見たことないけど」

八木が一方的に雪出さんを好きというか、まさにアイドルとファンの距離《きょり》感だと思う。

「わたしの見立てでは、ふたりは両想《りょうおも》いだよ」

「ハハッ！　町野さんは面白《おもしろ》いなあ！」

「二反田《にたんだ》の作り笑顔《えがお》、ガチでそっちの人っぽくて怖《こわ》いね……」

いつも明るい町野さんが、顔を引きつらせてドン引きしている。

「だって町野さんが、荒唐無稽《こうとうむけい》なことを言うから」

「根拠《こんきょ》はあるよ。高校に入って急にしゃべらなくなったってことは、ケンカをしてるか、意識をしてるってことだもん」

「雪出さんは人気者だから、単に八木と話す時間がないだけだよ」

「でもベニちゃんは、ハイパー空気読みガールだよ。八木ちゃんと話してないならそれに気づくし、さびしがってるかもって声をかけにいくよ」

たしかに雪出さんは、周囲の期待を敏感《びんかん》に察知するタイプだ。

「だったら八木は？　八木はなんで、高校で雪出さんとしゃべらなくなったの」

「八木ちゃんも勘《かん》がいいでしょ。入学のタイミングでベニちゃんからの好意に気づいて、好きになられたから好きになった、みたいに思われたくないんじゃない？」

「八木がそんな、デスゲームの主人公みたいな読みあいするかなあ……」

「それをたしかめるための、テスト打ち上げだよ。ふたりを無理にくっつけようとは思わないけど、普通《ふつう》におしゃべりできるくらいにはしてあげたくない？」

「それは……まあ、うん」

八木は一応友人だし、困っているなら少しくらいは力になりたい。

「じゃ、二反田《にたんだ》も協力してね」

「善処はするよ。前から思ってたけど、町野さんって世話焼きだね」

友人のいない僕に、最初に声をかけてくれたのも町野さんだった。球技大会の打ち上げにも呼んでくれて、おかげでクラスでも少し打ち解けた気がする。

「逆だよ。二反田《にたんだ》が人に興味なさすぎ。淡泊《たんぱく》すぎ。ヒラメなの？　エンガワ食べたい」

「最後に本音が出るタイプのクレーマー」

町野さんは口を「ω」の形に……はせず、むしろ片頬《かたほお》を膨《ふく》らませた。

「じゃあね」

去っていく町野さんを見送りつつ、僕は腕組《うでぐ》みして考える。

八木は脳天気に雪出さんを好き好き言うので、一方的な感情だと思っていた。ふたりの間にすでに関係性があったなど、思いも寄らなかった。

「友人……のつもりでいたんだけどな……」

まあ友人だから言えないパターンもあるけれど、今回は違《ちが》う気がする。

「僕は町野さんのことも、わかってないのかも。ご立腹《りっぷく》っぽかったし……」

その怒《いか》りの理由がわかるのは、月末になってからのことだった。

＃9　妖怪《ようかい》ポニテ観察VS町野さん

六月も終わりが近づいているけれど、梅雨《つゆ》はまだ明けない。

僕は部室の床《ゆか》にドミノを並べる手を止め、ペットボトルの水を飲んだ。

「エアコンがないから、すでにじんわりと暑い……」

夏に向けて熱中症《しょう》対策を考えないと、なんて思ったところで部室の引き戸が開いた。

「髪《かみ》をばっさり切ろうかなって」

黒髪《くろかみ》のポニーテール。半袖《はんそで》の白いブラウス。斜《なな》めがけのスポーツバッグ。

いかにも運動部といった雰囲《ふんい》気《き》の町野さんは、水泳部に所属している。自分と真逆の存在が面白《おもしろ》いのか、部活の前にぼっち文化部男子の僕とよく雑談していた。

「いらっしゃい、町野さん。やっぱり髪《かみ》が長いと、泳ぐときに邪魔《じゃま》？」

「キャップかぶるから平気。単なる気分だよ。もともと伸《の》ばしてた理由は、男――」

「えっ」

「――の子に間違《まちが》われるからだったんだけど、最近はめっきり女らしくなったからね」

あはんとベタなポーズを取りつつ、町野さんが口を「ω」の形にする。

動揺《どうよう》した僕が倒《たお》したドミノを見て、機嫌《きげん》をよくしたらしい。

「で、二反田《にたんだ》はどう思う？　中学時代は、ショートだったんだけど」

「短いのもよさそうだけど、ポニーテールは似あってるからもったいない気もするね」

「そうなの？　二反田《にたんだ》みたいな種は、黒髪《くろかみ》ロング一択《いったく》のイメージだったけど」

「偏見《へんけん》がステレオタイプすぎるよ。僕はポニーテール好きだし」

「なんで？　わたしがしてるから？」

「イエスでもノーでも、気まずくなる聞きかたやめて。動物の尻尾《しっぽ》っぽいから」

「へー。二反田《にたんだ》、動物好きなんだっけ？」

「わりと大大好《だいだいす》き」

「自己主張しない二反田《にたんだ》にしては珍《めずら》しい。ためしにポニテ、ちょっと触《さわ》って――」

「いいの⁉」

「舐《な》めプしてたら、食い気味の前のめり……」

「待ってて、町野さん！　手洗ってくるから！」

「そこまでしなくても……」

僕は困惑《こんわく》気味の町野さんを置いて、トイレで手を洗ってきた。

「ただいま！　じゃあ触《さわ》るね！」

「う、うん……」

僕はポニーテールの毛束部分に、そっと指を触《ふ》れてみた。

その感触《かんしょく》は馬の毛よりもだいぶつるつるで、トリミングしたばかりのヨークシャーテリアを思わせる。少し茶色くなった毛先に水泳の影響《えいきょう》が見て取れたけれど、全体的に荒《あ》れている印象はない。毛束をふんわり握《にぎ》ってみると、手のひら越《ご》しに柔《やわ》らかな弾力《だんりょく》が伝わってきた。単純な肌触《はだざわ》りだけであれば、ヤンキーが車のダッシュボードの上に貼《は》っているファーのほうがいいのかもしれない。けれど町野さんのポニーテールには、馬毛で作った筆を洗って草原の風で乾《かわ》かしたかのような、凛《りん》とした心地《ここち》よさがある。

最後に毛束をそっと持ち上げると、ふわりといい匂《にお》いが――。

「あ、ありがとう、町野さん」

女の子っぽい香りで我に返った僕は、きっと顔が赤いだろう。

「……三分間、無言で触《さわ》られると思わなかったよ」

町野さんはジト目どころか、逃走《とうそう》直前の猫《ねこ》のように瞳孔《どうこう》を縮ませている。

「ごめん。キモかったよね……」

「大丈夫《だいじょうぶ》。虫唾《むしず》が歩くくらい」

「まあまあ吐《は》き気《け》を催《もよお》してる！」

「なんてね。明らかに飼育員さんの手つきだったし、動物好きなんだなーって思ったよ」

「ドミノも動物も、僕を裏切らないから」

「それ、重いやつ？」

「思わせぶりなだけで、単にコミュ力が低いやつです」

「あーね。二反田《にたんだ》って返しは面白《おもしろ》いけど、相手からぐいぐいきてくれないと友だちを作れないタイプでしょ。わたしとか、八木ちゃんみたいな」

「ぐうの音も出ません」

「そうやって接してくれた少ない友だちを、二反田《にたんだ》はケアしてこなかった。それで疎遠《そえん》になったことを、裏切られたと感じてるんじゃない？　自分から友だちに連絡《れんらく》したことある？」

「自分語りしたことないのに……僕って、わかりやすいのかな」

「ドミノがあれば友だちがいなくても平気って顔してるし、実際そうでしょ」

町野さんが、おでこの端《はし》に怒《いか》り十字を浮《う》かべた。

「えっと……僕なにか、町野さんをピキらせるようなことしちゃったかな」

町野さんは答えず、別の質問を口にする。

「わたしが明日から部室にこなくなったら、二反田《にたんだ》は悲しい？」

「悲しい……けど、しかたないのかな」

「『そうやって自己完結しないで、たまにはストレートに感情を伝えてよ！』……ってわたしが言ったら、二反田《にたんだ》は『こっちは怒《おこ》ってる理由を聞いてるのに答えないでわけわかんないこと言うし、女ってめんどくせぇ』って思いつつも、適当な言葉でその場をしのぎそう」

「そこまでやなやつじゃないよ！」

「二反田《にたんだ》。わたしの誕生日、知ってる？」

「えっ……あっ……」

「毎日のようにしゃべってるのに、知らないことってあるよね。わたしも二反田《にたんだ》の名前、読めないもん。並の人と書いて、『なみんちゅ』？」

「なんで沖縄風なの。並人《なみと》ね。あとせめて、『並べる人』って言ってください」

「え。じゃあもしかして、お父さんも……？」

「ぜんぜん、ドミナーとかじゃないよ」

「転売ヤー？」

「『並ぶ人』でもないかな。父は市役所で働いています」

「人に歴史ありだねえ」

「昔は転売ヤーだったのに、みたいになってる」

「ちなみに二反田《にたんだ》、わたしの名前は知ってる？」

「町野硯《すずり》さん。女子はみんな名前で呼ぶからわかるよ」

「硯《すずり》なのに書道部ちゃうんかーいってツッコまれる前に言っとくと、うちっておばあちゃんが書道教室やってるんだよね。つまりわたしは師範《しはん》の孫」

「なるほど。書道部に入ったら、チートになっちゃうわけだね」

八木がドラゴンの書道セットを使っていそうという偏見《へんけん》には、根拠《こんきょ》があったようだ。

「わたしの誕生日、先週だよ。あとわたし、普通《ふつう》に字がめっちゃ下手」

「冒頭《ぼうとう》で多大なショックを与《あた》えることで、後半の不都合な情報がまったく入ってこない作戦が功を奏してるよ……」

「というわけで、わたしは『おめでとう』の言葉どころか、誕生日すら聞いてくれない友だちに対し、体育会系育ちゆえのガチ説教をしたのでした。ごめんね」

「謝《あやま》らないで。あんな風に言ってもらったの初めてで、僕は本気で感動してるから……」

自分から連絡《れんらく》をしないなんてダメ出しは、芯《しん》を食いすぎていて横っ腹が痛い。

「本当かなあ……？」

今日はジト目が多いのも、僕が町野さんの信頼《しんらい》を損《そこ》なったからだろう。

「感謝の気持ちは本当にあって……一応、こんなの撮《と》ってあるんだけど」

僕は自分のスマホから、町野さんに動画を一本送った。

「え、なに……あ」

そんなにすごいものじゃない。ドミノがパタパタと倒《たお》れると、英語で「ハッピーバースデー町野さん」とメッセージが現れるだけだ。

「これ、部室でしょ。いつ作ったの？」

「五月の連休中に。もともと素材ありきで、片づける前に町野さんの名前を足して……」

「もう！　せっかく作ったなら、誕生日がいつか聞けばいいのに」

「……それだと、サプライズがなくなるかなって」

「二反田《にたんだ》はうそをつくと、まつげが伸《の》びるね」

「ピノキオをアレンジした結果、日本人形ホラーになってる」

「でもいま、まつげ触《さわ》ったよね？」

「ど、瞳孔《どうこう》の動向が気になって」

「二反田《にたんだ》がわたしに誕生日を聞かなかったのは、女の子だから気を回したんでしょ？　文化部男子の悪いところ出てるよ。誕生日くらいは異性の友だちでも普通《ふつう》に聞くから。その自意識で予防線を張《は》り巡《めぐ》らせる感じ、オオジョロウグモのオスみたい」

「おっしゃる通りなんだけど、虫に詳《くわ》しくなくて最後がピンときません」

けれど「友人へのメッセージにしてはキモすぎるかも」、「誕生日が四月だったら」、なんて考えてしまい、聞けなかったのは当たっている。お蔵入《くらい》りも覚悟《かくご》していた。

「でも、めっちゃうれしい！　ありがとう、お宝動画だよ！」

町野さんの口が、やっと「ω」の形になってくれる。

「よかった。でも人に誤解されるから、『宝物』くらいに言ってもらえると」

「じゃあわたし、部活に行くね！　髪《かみ》を切るのは保留にしてあげよう！」

町野さんはすこぶる機嫌《きげん》よさそうに、尻尾《しっぽ》を揺《ゆ》らして去っていった。

#10　間にはさまる者はオーバーキルする町野さん

ドミノは麻雀《マージヤン》と将棋《しょうぎ》をあわせたような、戦略性の高いゲームだ。

とはいえ国内では、本来のルールで遊ばれることはほとんどない。

おおむねは牌《はい》や図形を並べて倒《たお》す、「ドミノ倒《だお》し」として親しまれている。

「そういう意味だと、僕は『ドミノ倒《だお》され部』なのかな……」

部室に入って床《ゆか》を見て、ふうとため息をつく。

昨日の部活で並べた本線が、ギミック手前のストッパーまですべて倒《たお》れていた。

地震《じしん》、振動《しんどう》、すきま風。気温の上下や、湿度《しつど》の高低。「なんにもしてないのにドミノが倒《たお》れた！」となることは、けっこう多い。

「まあ倒《たお》れたら、また並べるだけだけど」

僕は隅《すみ》の机にリュックを置き、床《ゆか》にひざまずいてドミノを並べ始めた。

「あっ、あの……スッズーリサン、いムァスクァ？」

引き戸を開けて入ってきたのは、巻き舌の日本語を話す金髪碧眼《きんぱつへきがん》の女子生徒。

平均よりも小さい背もあいまって、人形めいたかわいらしさがある。

「あ、雪出さん。町野さんなら、今日はまだきてないよ」

水泳部に所属する町野さんは、部活が始まるまでここで雑談していく。

雪出さんはそれを知っていて、町野さんを捜《さが》しにきたのだろう。

「モスグ、クルゥ？」

雪出さんは北欧《ほくおう》系の見た目に反し、生粋《きっすい》の日本語ネイティブだ。けれど周囲の期待を裏切らないよう、「誇張《こちょう》しすぎた外国人タレント風の発音」でしゃべってくれる。

「うん、たぶん。ここで待つ？」

部室の端《はし》に置いてあった椅子《いす》を、雪出さんの前に移動させた。

「インディスカ？　ドモアリガト！」

「ユーアーウェルカム」

「スミマセン、二反田《にたんだ》サン。ワタシジェネリック外国人……英語苦手デス……」

「ごめん、雪出さん。日本人は外国語訛《なま》りの日本語で道を聞いてきた人に、なぜか英語で答えようとする習性があるから……」

雪出さんが困ったような顔をしながら、椅子《いす》に座《すわ》る。

僕もたぶん困ったような顔で、倒《たお》れているドミノを並べ直す。

会話は、ない。

雪出さんはおとなしい性格で、クラスでも町野さんの陰《かげ》に隠《かく》れていることが多い。

僕もコミュ力は著《いちじる》しく低く、こういう際のトークデッキは持ちあわせていない。

とはいえ部屋の主なのだから、天気の話くらいは振《ふ》るべきだろう。

「「あの」」

勇気を出して口を開くと、ものの見事にかぶった。

「あ、なに？　雪出さん」

「ううん。二反田《にたんだ》サン、ドゾ」

「いや、僕はたいしたことじゃないから……」

「ワタシも、別に……」

そしてまた、気まずい沈黙《ちんもく》が流れる。

まったくの初対面より、「友だちの友だち」みたいな関係のほうが会話はむずかしい。

しゃべった内容を友だちに報告されるかも、なんて心理が働いてしまう。

けれどそれゆえに、いつまでも空気を凍《こお》らせているわけにはいかない。

「「あの」」

また同時に言ってしまったけれど、今度は雪出さんががんばった。

「二反田《にたんだ》サンは、ドミノ部なんですね。楽しそうデス」

「ドミノに興味がおありで！」

僕がにわかに興奮すると、雪出さんが「……ヒッ」と表情を強《こわ》ばらせる。

「あっ、ごめん。えっと、その……並べてみます？」

「インディスカ？」

もちろんと、僕は倒《たお》れた本線の端《はし》を指さした。

「本線が止まるとドミノは終わりなんだ。だからカーブの箇所《かしょ》は『ダブル』と言って、分岐《ぶんき》させて保険をかけるんだよ。並べごたえがあって、楽しいと思います」

「が、がんばるマス」

雪出さんは尻《しり》ごみせず、果敢《かかん》にドミノを並べ始めた。

再び沈黙《ちんもく》が続く。しかしさっきと違《ちが》って間がもたないという感じではなく、集中しているゆえの静けさだった。雰囲気《ふんいき》は悪くない。

「二反田《にたんだ》サン。ドミノ、楽しいデス」

ドミノがアイスブレイクしてくれたのか、雪出さんは笑顔《えがお》だった。

その見た目が美少女すぎるだけで、雪出さんの中身は「三つ編みメガネの空気を読みすぎる気弱キャラ」に近いと思う。どちらかと言えば、僕と同じ陰《いん》サイドだ。

「うれしいな。町野さんは、ほとんど興味を持ってくれないから」

「二反田《にたんだ》サンは、スズリと仲よしデスネ」

「町野さんによれば、僕が四月の自己紹介《しょうかい》ですべったのが面白《おもしろ》かったって」

「ソウナンデス？　……ゴメンナサイ。どんな自己紹介《しょうかい》？　ワタシ緊張《きんちょう》していて、ほとんど覚えてナイ……あっ、すべったなら言いたくないデスネ……」

僕は歯を食いしばりながら、自分のすべったネタを解説する。

「……だから具体的なゲームではなくて、どのゲームにもいる影《かげ》が薄《うす》いキャラクターだと自分を揶揄《やゆ》しているところが、おもしろポイントなわけで……」

自分の死体を自分で掘《ほ》り返《かえ》し、自分に死体《したい》蹴《げ》りをしている気分だ。

「二反田《にたんだ》サン、頭いいデスネ。ワタシ、よくわからないデス」

雪出さんは眉《まゆ》をハの字にしながら、苦く、かわいく、笑ってくれた。

「コロシテ……マチノサン、コロシテ……」

「エッ」

「そっ、そういえば雪出さんは、いつから町野さんと友だちなの？」

「ワタシ、小学校卒業で引《ひ》っ越《こ》すまでは、この辺りに住んでマシタ。スズリとはお習字の教室が一緒《いっしょ》だったんデス。だから高校で、三年ぶりの再会デス」

怯《おび》えた表情をされてしまい、僕は慌《あわ》てて取《と》り繕《つくろ》う。

「あー。町野さんのおばあさんの、書道教室」

「それを知ってるなんて、二反田《にたんだ》サン、スズリと本当に仲いいんデスネ」

町野さんは字が下手なのがコンプレックスだと、本人から聞いている。

「というか単純に、町野さんは面倒見《めんどうみ》がいいんだと思う。最初はたぶん、僕がひとりぼっちなのを気にかけてくれたみたいだし」

「わかりマス！　スズリは昔から優《やさ》しい子で、ワタシが男子にからかわれたら、その子の書道バッグがあふれるくらい、セミの抜《ぬ》け殻《がら》を詰《つ》めこんでくれマシタ」

「微笑《ほほえ》ましいのラインをギリ越えてるけど、町野さんらしいね」

「最近もありマシタ。先月の『メイド事変』」

　過去の文化祭で使われたメイド服が校舎内で大量に見つかり、複数の女子生徒がそれを着用して教師と追いかけっこしたという、ほのぼの事件だ。

「あれはやっぱり、町野さんが首謀者《しゆぼうしや》だったの？」

「ワタシのためだったんデス。『バズる動画のネタを提供すれば、承認《しようにん》欲求モンスターたちは一度バズった味が忘れられず、次はそれを上回るネタを探すから』って」

　町野さんはかつて、ショート動画文化にもの申している。

　自分はともかく、同調圧力に負けて撮影《さつえい》される雪出さんがかわいそうだと。

　それゆえ町野さんは『メイド事変』というスケープゴートを用意して、角が立たないように雪出さんから承認《しようにん》欲求モンスターを遠ざけたのだろう。

「町野さんって、『この物語の主人公』って感じだよね」

　言ってふたりで笑ったタイミングで、部室の引き戸が開く。

「……は？」

　現れたのは、スポーツバッグを斜《なな》めがけにしたポニーテールの女子生徒。

すなわち町野さんなのだけれど、いつもと違《ちが》って目にハイライトがない。

「ちょっと待って、町野さん。たぶんなにかを誤解してる」

「そ、そうデス。ワタシが貸してたノートを返してもらおうとスズリを捜《さが》したら教室にいなくて、ここにきたら二反田《にたんだ》サンが待たせてくれたけど、お互《たが》いコミュ力がないからスズリの話題が出るまでは地獄《じごく》の気まずさで……デスヨネ、二反田《にたんだ》サン」

「そうだね……そこまではっきり言わなくてもいいと思うけど、そうだね……」

僕は雪出さんの容赦《ようしゃ》ない言葉に、心の中で涙《なみだ》を流した。

「わかるよ、ベニちゃん。二反田《にたんだ》ってネットミームが多いから、『エグいって』と『ダルいって』しか言わない人と同じくらい、会話が苦痛なときあるよねー。いこ」

町野さんが雪出さんの手を引き、僕をオーバーキルして部室を出ていく。

そうしてくずおれた僕を振《ふ》り返《かえ》り、絵文字ばりのあかんべえをした。


「やだなー、二反田《にたんだ》。昨日の『苦痛』は本心じゃないよ。アカウント乗っ取られ」

翌日に町野さんから適当なフォローをされても、僕はしばらく立ち直れなかった。

覚えておいてほしい。

仲のよい女の子同士の間に割りこむと、男は死をもって償《つぐな》わされる。

＃11　夏のセンシティブな町野さん

部室のカーテンを開けて外を見ると、木々も空も、野球部員のヘルメットも輝《かがや》いていた。

「いよいよ夏がきてしまった……」

七月の蟬時雨《せみしぐれ》を遠くに聞きながら、僕はげんなりと嘆息《たんそく》する。

ドミノは風に弱いので、扇風機《せんぷうき》やエアコンとの相性《あいしょう》がすこぶる悪い。

夏場をどう乗り切るかは、ドミノ部の永遠の課題だ。

「とりあえず、まめに水分補給をしよう。自販機《じはんき》で水買ってこようかな」

そう思って立ち上がったところで、部室の引き戸が開いた。

「わたし？　ぜっんぜん、勉強してないよー。今回ほんと赤点かもー」

現れたのは、袖口《そでぐち》を折り返した半袖ブラウスを着たポニーテールの女子生徒。

水泳部に所属する町野さんと僕は、部活の前に雑談する仲だ。

「そういえば、そろそろテストだね。町野さん、勉強してないの？」

水はあとにしようと、座《すわ》ってドミノを並べながら話す。

「いまのは勉強しまくってる人が言うセリフだよ、二反田《にたんだ》」

「じゃあ町野さん、成績いいんだ」

「よくないから、勉強してるんだよ。うち、まあまあ進学校だし」

「町野さんは、スポ薦《せん》を受けられるエリートって聞いたけど。なんでこの学校に？」

「家から近いから。三年間楽をするために、一年死ぬほど勉強した」

「『真のなまけ者は勤勉』ってやつだね。通学時間はどのくらい？」

「二秒」

「は？」

「わたしの部屋二階だから、庭のトランポリンで教室のベランダまで飛べる」

「そんなSASUKEみたいな通学してるの⁉」

「それにしても、暑いねー」

町野さんがブラウスの襟《えり》をつかんで、ぱたぱたと扇《あお》ぐ。

「部活に行ってプールに入れば、すぐに涼《すず》しくなれそうだけど」

「あ、そういうこと言っちゃう？　クラスでも女子とまったく話さない二反田《にたんだ》がかわいそうだと思って、毎日顔を出してあげてるのに」

「たしかに町野さん以外、女子とはほぼしゃべらないね」

先日に雪出さんと話したので、ほんのりと訂正《ていせい》する。

「じゃあなおさらうれしいでしょ。わたし、無加工でもまあまあかわいいし」

「う、うん」

「ぴぽん」

「ギャルゲーで、好感度が上がりも下がりもしない選択肢《せんたくし》を選んだときの音鳴った」

とはいえ町野さんは機嫌《きげん》よさそうに、口を「ω」の形にする。

「やっぱ二反田《にたんだ》は面白《おもしろ》いね」

「町野さんめちゃくちゃ『陽《よう》』なのに、笑いのセンスだけラジオリスナーじみてる」

「よくわかったね。わたし、深夜ラジオ聴《き》きながら勉強サボるのが好きなんだー」

いまどき珍《めずら》しい、というわけでもなく、ラジオ動画が増えたからだと思う。

「僕もラジオは好きだよ。スマホの画面を見なくていいから、ドミノと相性《あいしょう》がいいし」

「深夜ラジオって面白《おもしろ》いんだけど、ひとつ欠点があるんだよね」

「深夜にしか聴《き》けないこと？」

「そう！　アプリのアーカイブで昼間に聴《き》いても、面白《おもしろ》さが違《ちが》うんだよ。ライブ感が大事っていうか。二反田《にたんだ》とのおしゃべりは、昼間の深夜ラジオみたいな感じ」

「うれしいけど、恐《おそ》れ多《おお》すぎるよ」

「二反田《にたんだ》、さっきから自虐《じぎゃく》が多いよ。客観的に自己分析《ぶんせき》できないと対人関係の立ち位置バグって、『私はハーバード卒です』って人に対して、『まあ僕は中学のときドミノの国際大会で入賞しましたけど』って、誰《だれ》も聞いてないのにSNSであさってのマウントを取るおじさんになっちゃうよ」

「いやすぎる……飲食店経営者になったら色紙に書いてトイレに貼《は》るぐらい肝《きも》に銘《めい》じます」

町野さんが、再び口を「ω」にした。

「あるねー、トイレポエム。そういうエッジが効いてる風のおもしろ、もっとちょうだい」

「なんか逆にいじられてる気がするなあ」

「にしても、ここ本当に暑くない？　エアコン導入してもらわないの？」

町野さんが胸元《むなもと》をぱたぱたしながら、端《はし》に寄せてあった机の上に座《すわ》った。

その無防備さにドキリとして、僕は並べていたドミノを倒《たお》してしまう。

「あちゃー。やっちゃったね」

「こ、これがさっきの質問の答えだよ。エアコンがあってもつけられないんだ。ちょっとでも風が吹《ふ》けば、ドミノが倒《たお》れるから」

「わたし、風が吹《ふ》くほど動いた……？　まいっか。ドミノ倒《たお》しちゃったならごめん」

ちょっと心苦しいけれど、実際にドミノが倒《たお》れた一因は町野さんにもある。

「ところで二反田《にたんだ》って、彼女とかいるわけがなかった」

「か、『彼女とかいる？』って聞く、ま、前に、完結しないで」

僕の歯切れが悪いのは、よこしまな心を見透《みす》かされた気がしたからだ。

「うちの部、男子も女子もいっぱいいるでしょ。大学生のサークルノリの人たちが」

「あ、うん。学校が『全員部活主義』だから、水泳部はジム代わりに使われるらしいね」

「それで夏休みが近づいたいま、みんな泳ぐのそっちのけなんだよ」

「あっちこっちで、『どこ住み？』、『LINEやってる？』？」

「そ。だから二反田《にたんだ》で、深夜ラジオのおもしろを充電《じゅうでん》してから部活に行きたいわけ。わたしは自他ともに認める陽《よう》だけど、ああいうノリに対抗《たいこう》できるのは陰《いん》だから……あっつ」

片手でスカート、片手でブラウスの裾《すそ》に風を送りこむ町野さん。

僕は慌《あわ》てて目をそらしたけれど、それゆえに町野さんは気づいてしまった。

「あ……」

手を止めた町野さんは、たぶん赤い顔をしているだろう。

「忘れてた。僕は水を買いにいくつもりだったんだ」

気まずい空気が流れる前に、僕はそっぽを向いたまま立ち上がる。

「……ごめん、二反田《にたんだ》。セクハラだよね。わたしノンデリだね」

「い、いや、この部屋が暑いのは事実だし。僕も、ごめん」

互《たが》いに下を向いたまま、沈黙《ちんもく》が続く。

窓越《ご》しに聞こえる蟬《せみ》の声が、やけに大きく頭の中で響《ひび》いた。

「二反田《にたんだ》、あのさ――」

「なんかこう、夏だよね」

夏のせいにしてお互《たが》い忘れようと、僕は町野さんの声を打ち消した。

「いやわたしは、二反田《にたんだ》は本当に悪くないってことを言いたくて。わたしみたいに運動部歴が長いと、がさつになりがちでさー」

僕の思いは伝わらなかったけれど、こうなったら乗るしかない。

「町野さんはきちんと女子高生だと思うけど、小学生の頃《ころ》に男子とばかり遊んでいた女の子の面影《おもかげ》もありありと感じるよね」

「ね。わたし平気で早弁するし、そのくせ大食いと思われたくなくて少し残すし」

「がさつと女子力がせめぎあってる」

「カップ麺《めん》の『後入れ』の具、最初から入れるし」

「がさつ、やや優勢」

「ショートケーキはイチゴから食べるし。人の」

「がさつが摩擦《まさつ》を生んだ」

町野さんがうれしそうに、口を「ω」の形にした。

僕もその口を見たことで、もやが晴れたように感じる。

うっかりセンシティブな空気になってしまったなら、曖昧《あいまい》にしないでネタにして流したほうがいい。そういう町野さんの判断のほうが、正しかったようだ。

「さて。そろそろ部活に行こうかな」

「あ、うん。がんばって」

「二反田《にたんだ》、さっき水分補給するとか言ってなかった？」

「そうだね。自販機《じはんき》まで買いにいこうかな」

「じゃあセクハラのお詫《わ》びにこれあげる。さっきひとくち飲んじゃったけど、一応買ったばかりだから。じゃね」

僕に向かってペットボトルを放り投げると、町野さんは颯爽《さっそう》と去っていった。

「『ひとくち飲んじゃったけど』……って、そういうところ！　間接キスとかミリも意識しないところ！」

僕の手の中でペットボトルはきちんと冷たく、けれどキャップは開いていた。

「もしかして、気にするほうがおかしいのかな……」

僕が繊細《せんさい》すぎるのか、町野さんががさつなのか。繊細《せんさい》サイドの意見としては、「飲まなければ飲まないで悪い気がする」が、ややリードしている。

「ああ、もう！」

しばらく逡巡《しゅんじゅん》した後、僕は勢いよくペットボトルに口をつけた。

「……喉《のど》が渇《かわ》いてるときのスポドリ、めちゃめちゃおいしい」

おかげで残りを一気に飲み干してしまい、結局は水を買うはめになった。

＃12　炎上《えんじょう》リスクに敏感《びんかん》な町野さん

ファストフード店の窓ガラス越《ご》しでも、七月を感じる陽射《ひざ》し。

テスト終わりの昼どきに、僕は紙ナプキンの上にポテトを立てていた。

「二反田《にたんだ》それ、ツッコミ待ちなの？　『ドミノ部あるある』的な？」

向かいの席から僕に冷めた目を向けるのは、ポニーテールの町野さん。

「触《さわ》っちゃだめだぜ、町野さん。二反田《にたんだ》みたいな陰《いん》キャは受け身のコミュニケーションしかできないから、変なことをしてかまわれるのを待ってるんだ」

隣《となり》の席で僕を嘲笑《あざわら》うのは、アフロみたいな毛量の八木。

「ということは、すごく面白《おもしろ》い返しを考えてるんデスネ」

斜《なな》め向かいで悪気なくハードルを上げたのは、北欧《ほくおう》系美少女の雪出さん。

「端《はし》っこが平らだったから、普通《ふつう》に立ちそうだなと思って……」

事故を恐《おそ》れて、なんともつまらない答えをしたのが僕。

今日はこの四人で、念願の下校マックでテストの終了《しゅうりょう》を祝っていた。

「やー、ほぼ終わったね、一学期。高校生になって、ベニちゃんはどうだった？」

町野さんが場を回《まわ》すと、雪出さんがうつむく。

「ワタシ、最初は電車に乗るのが怖《こわ》かったんデス。自動改札、たまに引っかかるカラ。だから余裕《よゆう》をもって家を出て、学校に七時半に着いてマシタ。でもいまは……八時半デス！」

雪出さんが顔を上げてはにかむと、八木が立ち上がった。

「悪い。俺ちょっと、タトゥー彫《ほ》ってくるわ」

「八木、落ち着こう。かわいいエピソードだけど、七十七文字は多い」

僕のツッコミに、雪出さんがくすくすと笑う。

「ふたりとも、面白《おもしろ》いデスネ。スズリはどうデス？」

「うーん……高校生は自由だけど、それは問題を起こしたら自分で責任を取るっていう、今後の人生と引《ひ》き換《か》えの自由でしょ。それでいてノリも重視される年齢《ねんれい》だから、毎日の一瞬一瞬《いっしゅんいっしゅん》で炎上《えんじょう》案件か否《いな》かを見極《みきわ》める、リスクの高い三年間が始まったって感じ」

町野さん以外の僕たちは、思わず顔を見あわせた。

「たしかに自分が気をつけていても、巻きこまれる機会は多いもんな……」

八木がぶるりと松ぼっくり頭を震《ふる》わせると、町野さんが笑う。

「普通《ふつう》に生きてれば大丈夫《だいじょうぶ》だよ。わたしが二反田《にたんだ》と同じくらい、骨なしチキンってだけ」

「さっきから、僕の評価がうなぎ下がりなのはなぜ？」

まあ不安そうだった雪出さんが笑ってくれたし、今日は甘んじて受け入れよう。

「俺は正直、中学とまったく一緒《いっしょ》の感覚だわ」

「そういえば八木と雪出さんって、同じ中学だったんだよね」

僕が素朴《そぼく》な疑問を口にすると、八木は「……ああ」と言葉少なに返した。

雪出さんもうつむいて、どこか気まずそうにしている。

なんだこの感じと思っていると、靴《くつ》のつま先を軽く蹴《け》られた。

向かいの席で町野さんが、「ね？」とばかりに眉《まゆ》を動かしている。

八木と雪出さんが両想《りょうおも》いだという、トンデモ持論のことを言いたいらしい。

「ねね、ベニちゃん。八木ちゃんって、中学ではどんな感じだったの？」

「わっ、ワタシ、よく覚えてマセン……！」

雪出さんが顔を真っ赤にしたところで、またつま先が蹴《け》られた。

向かいの席で町野さんが、鼻を膨《ふく》らませてふんすふんすしている。

「……ちなみにドヤ野さんは、どんな中学時代だったの？」

それからしばし、八木と雪出さんだけが直接の会話をしない、不自然なようで自然な、でもちょっとだけ不自然な状態で、おしゃべりが盛り上がった。

「やっぱみんなでいると楽しいね。ベニちゃんと八木ちゃんの放送部って、夏休みはあんまり活動ないんでしょ？　だったらこの四人で、どっか行かない？　恐竜展《きょうりゅう》とか」

テーブルの下で、町野さんのスニーカーが同意を促《うなが》してくる。

「恐竜《きょうりゅう》展は、子どもっぽすぎるかも。無難にいくなら、海とか花火大会じゃないかな」

僕は話をあわせつつ、どうにか高校生らしいプランへ修正を試みた。

「海は……水着が恥《は》ずかしいデス」

雪出さんがもじもじと難色を示すと、町野さんがすかさずフォローする。

「わたしも久しぶりに、ベニちゃんの浴衣《ゆかた》姿が見たいな」

かくして四人でスケジュールを調整し、僕たちには夏休みの予定ができた。

今日はとりあえずおひらきとなり、帰り道を駅まで歩く。

「なあ二反田《にたんだ》。俺たちは、分不相応な青春を送っている気がしないか」

前を歩く町野さんと雪出さんを気づかいながら、八木が小声でささやいてくる。

「うん。僕は三年間、女子と話せずに卒業する覚悟《かくご》をしてたよ」

「これってやっぱ、町野さんのおかげだよな」

「そうだね。米三俵くらい奉納《ほうのう》していいと思う」

「二反田《にたんだ》。大事にしろよ、町野さんのこと」

八木がふいに、目つきを鋭《するど》くして言った。

「急にどうしたの。ラブコメ主人公の親友ポジションみたいに」

「おまえはそうやって、すべてを俯瞰《ふかん》で見ているんだな」

「急にどうしたの。ループもの主人公の親友ポジションみたいに」

「俺もそうやって、適当に茶化せばよかったんだろうな……」

八木はふっと悲しそうな顔をして、「じゃあな」と駅の改札へ消えていく。

「三話の終盤《しゅうばん》で異形《いぎょう》の怪物《かいぶつ》に変身する主人公の親友ポジションが、平和な日常シーンで唐突《とうとつ》に放つ伏線《ふくせん》セリフを、八木が……？」

なんて俯瞰《ふかん》で適当に茶化す僕は、面倒《めんどう》を避《さ》けようとしているのだろうか。

「二反田《にたんだ》サンは、反対方向ですよね？　どうしよう……」

雪出さんがおろおろと、僕と改札の間で視線を往復させている。

「ベニちゃん。たとえひとこともしゃべらなかったとしても、八木ちゃんと一緒《いっしょ》に帰ったほうがいいよ。少女マンガだとそうするから」

町野さんの根拠《こんきょ》が心許《こころもと》ないので、僕も少し援護《えんご》しよう。

「どういう理由でふたりがしゃべらないのかはわからないけど、八木は雪出さんを待ってるみたいだよ。いつも自転車通学なのに、今日は電車だし」

僕が指さした改札の向こうで、八木は両手の親指だけをポケットに入れて立っている。首は九十度の横向き。それがかっこいいと思っているのだろう。

「ベニちゃん、知ってる？　最近この辺りで、人の後頭部を馬のお尻《しり》として愛《め》でる妖怪《ようかい》が出るんだって。急いで帰ったほうがいいよ」

「えっ、キモチワルイ……うん、じゃあ帰るネ。スズリも気をつけてデス」

町野さんに小さく手を振《ふ》り、雪出さんが駆《か》けていった。

「いやあ、青春ですなあ」

町野さんは腕組《うでぐ》みして、うむうむと満足そうだ。

一方で僕は、「キモチワルイ」のダメージから立ち直れない。

「異形の怪物《かいぶつ》は、八木じゃなくて僕だったんだ……」

「ね、二反田《にたんだ》。ベニちゃん、恋《こい》しちゃってるでしょ？」

町野さんは僕へのフォローもなく、友人の恋《こい》バナに夢中だ。

「……今日の様子だけじゃ、まだわからないけどね」

「二反田《にたんだ》、男の嫉妬《しっと》はみっともないよ（※女の嫉妬《しっと》はみっともいいと言っているわけではありません。※「みっともない」の感じかたには個人差があります。※嫉妬《しっと》はスタッフがおいしくいただきました。※「おいしく」の感じかたには個人差があります——）」

「町野さんが炎上《えんじょう》リスクに気を配りすぎて、コンプラ無間《むげん》地獄《ごく》に陥《おち》ってる」

「ベニちゃんと八木ちゃん、電車でおしゃべりすると思う？」

「しないというか、できないんじゃないかな。一駅だし。でもそれでいいと思うよ」

以前に町野さんは、ふたりを無理にくっつけたいわけじゃないと言っていた。

それなら八木と雪出さんが自然に話せるまで、少しずつ緩衝材《かんしょうざい》を抜《ぬ》くだけでいい。

「さておき残念だね、二反田《にたんだ》。水着《みずぎ》回《かい》にならなくて」

「浴衣《ゆかた》の非日常感も貴重だよ。僕はどっちかっていうと、恐竜展《きょうりゅう》が残念です」

「お？　じゃあ今度、ふたりで行っちゃう？」

「行く」

「からかうつもりが即答《そくとう》……そっか、恐竜《きょうりゅう》も動物だもんね……ここ最近の学説では、ふさふさの毛が生えていたらしいし……」

町野さんが、異形の怪物《かいぶつ》を見る目を僕に向けた。

「ふさふさは求めてないけど、町野さんの案を修正したのは僕だから」

というか町野さんと行くのは楽しそうだし――そう言える素直《すなお》さをいつか身につけたい。

「じゃあ詳《くわ》しくは、夏休みの部活で話そ。また学校でね」

町野さんは地元なので、駅とは違《ちが》う方向に歩いていく。

「『一学期編』が終わって、『夏休み編』が始まるって感じの一日だったな……」

僕は八木たちと反対方向の電車を待ちながら、俯瞰《ふかん》で適当に茶化してみた。

花火大会の予定に、八木の思わせぶりなセリフ。

唐突《とうとつ》に決まった、町野さんとの恐竜展《きょうりゅうてん》。

「まあ僕は休み中も部活に出るから、そんなに変わることもないだろうけど……」

それでも久しぶりに、「なにもなくない夏」になりそうな気がした。

#13　クリティカルヒットした町野さん

夏休みの校庭からは、見る目が茹《ゆ》だりそうなほどに湯気が出ている。

こういう猛暑日《もうしょび》は、多くの運動部が室内練習に切《き》り替《か》えるらしい。

「その点で文化部は外の灼熱《しゃくねつ》もまったく関係……あるなあ」

ドミノ部の部室は古めの空き教室で、それゆえにエアコンは設置されていなかった。ドミノは風に弱いため窓も開けられず、立っているだけで汗《あせ》が噴《ふ》きだす。

「はたしてこれが、どれくらい熱中症《しょう》対策になるのか」

僕は半信半疑の眼差《まなざ》しで、足下《あしもと》に置かれた「それ」を見る。

「こんちくわー……え、なにそれ」

部室の引き戸を開けて入ってきたのは、濡《ぬ》れた黒髪《くろかみ》の女子生徒。

首にはタオルをかけていて、競泳水着の肩《かた》にゴーグルとキャップをはさんでいる。

「いやこっちのセリフだよ！　町野さん、なんで水着なの！」

慌《あわ》てて目をそらしたけれど、残像の肌《はだ》が生々しい。

「だってこの部室、エアコンなくて暑いし。夏休みに二反田《にたんだ》とおしゃべりするなら、ひと泳ぎしてからかなーって」

「理にはかなってるけど……目のやり場に困ります」

「それは二反田《にたんだ》が意識しすぎ。わたしは水着で部活してるわけだし」

なんの気なしに、ぱちんと水着の位置を直す町野さん。

おかげで足の付け根の辺りの、肌《はだ》のコントラストがはっきりとわかった。

「正論だとは思うけど、見慣れるまでは時間がかかりそうです……」

「そんなことより二反田《にたんだ》。『それ』なんなの？」

町野さんが、僕の足下《あしもと》を指さした。

「水を張った、『たらい』だよ。さっき先生がきて、『夏休みに部活やるならエアコン設置させてくれ』、『近日中に工事するから、それまでこれでしのげ』って」

エアコンは業務用ではなく、風向き調節が容易な家庭用をつけてくれるらしい。

「おー、昭和っぽいね！」

町野さんが、目に見えてテンションを上げる。

「『熱中症《しょう》の生徒を出したら炎上《えんじょう》するから、めまいを感じたら早急《さっきゅう》に自分の頭に落とせ』とも言われたよ。『そうすれば事故扱《あつか》いになる』って、冗談《じょうだん》に聞こえないトーンで」

「あー……令和っぽいね……」

町野さんが、目に見えてテンションを下げる。

「まあそういうわけで、さっきビンのラムネを買ってきたんだ。町野さんもどうぞ」

「なにそのサービスのよさ！」

「米三俵は、さすがに買えなくて」

きょとんとする町野さんを横目に、僕は上履《うわば》きと靴下《くつした》を脱《ぬ》いでズボンの裾《すそ》をまくった。

そうして椅子《いす》に座《すわ》り、たらいに足を突《つ》っこむ。

「おお……足先から、きりっと冷えていく感じ」

「部室はサウナ状態だから、二反田《にたんだ》いま『ととのってる』んじゃない？」

「そうかも。この状態でラムネをキメると……くぁ」

炭酸の刺激《しげき》が喉《のど》を滑《すべ》り落《お》ちていき、清涼《せいりょう》感が胸に広がっていく。

「わたしもやる！　よっ」

水着姿の町野さんも、僕の正面でたらいに足をつっこんだ。

「気持ちいい！　昭和すごいね。わたしなんて、さっきまで水浸《みずびた》しだったのに」

「知らないノスタルジーを感じるよ。ラジオでオリンピック中継《ちゅうけい》を聴《き》くような」

「ラムネのビー玉の音、すっごいきれい。一時間ループの音源ほしいなー」

僕たちは足先を水につっこんだだけなのに、きゃっきゃと楽しんだ。

けれど水の冷たさは三分ももたず、すぐにテンションがだだ下がる。

「たらいの水で三十五度をやりすごすとか、昭和無理ゲーすぎる……」

「二反田《にたんだ》は知ってる？　こんなとき、昔の人がどうしていたかを……」

「町野さんの声音《こわね》が、不気味フォントになってる……怖《こわ》い話をする気だ」

「こんな場末部にまでエアコン設置するって、うちの学校の資金力おかしくない？　実はこれね、校長が立ち入り禁止の温室で、アレを栽培《さいばい》してるからなんだよ」

「怖《こわ》い話って、そっち系⁉」

「校長が育てた『蘭《らん》』はね、海外で大人気なんだって。質がいい上物だって」

「それ本当に蘭《らん》の花？　隠語《いんご》だったりしない？」

「とにかく儲《もう》かってるらしくて、校長すごく忙《いそが》しいんだって。でもそれなら、なんでまだ校長を続けてるんだって思わない？　自分で起業すればいいのに」

「まさか、学校を隠《かく》れ蓑《みの》に……？　校長先生って、ガチでその筋《すじ》の人……？」

　僕は、ごくりとつばを呑《の》んだ。

「それはね……校長が栽培《さいばい》している胡蝶蘭《こちょうらん》の名前が、『校長蘭《こうちょうらん》』だからだって。校長を続けること自体が、ブランディングなんだよ……！」

「ダジャレで隠《かく》した大人の事情怖《こわ》い……！」

「まあそのおかげで、わたしたちは涼《すず》しくなれるわけ。世の中ね、金かね、金かなのよ」

「身も蓋《ふた》もない回文が怖《こわ》い……！」

「じゃあ今度は、二反田《にたんだ》の番ね」

　さてどうしようと考えて、僕も切り口をひねることにした。

「えっと……町野さん、『異世界転生もの』ってわかる？」

「ストレスフルな現代人の、『やり直し願望』を充足《じゅうそく》させてくれるエンタメコンテンツ。『なろう系』と呼ばれるジャンルにおいては、パイオニア的な位置づけ、だって」

「なにペディアか読んでる？」

剣《けん》と魔法《まほう》の世界に生まれ変わってチートで無双《むそう》する、という説明は不要っぽい。

「わたしはアニメで見て、ちょろっと知ってる程度かなー」

「あれって転生先が人間とは限らなくて、魔王《まおう》やモンスターだったりもするんだよ」

「それならわたしはスライムに転生して、海に溶《と》けて、やがて星そのものになって、生まれてくるベニちゃんの人生を見守りたいな」

「尊い神話……さておき話を続けると、逆はあんまりないんだよね」

「逆って、モンスターや動物から人間ってパターン？」

「うん。たぶん人間に近い生き物じゃないと、人は感情移入しにくいからかな」

「そう？　『前世でキメラの尻尾《しっぽ》を担当していた蛇《へび》ですが、念願かなって人間に転生したのにコンビニの仕事を覚えられる気がしません。適当にシャーッて舌を出してればよかったあの頃《ころ》に戻《もど》りたい……』とか、あったら読みたいけど」

それを病《や》まずに読めるのは、町野さんみたいなメンタルお化けだけだろう。

「ところで町野さん。ホヤって知ってる？」

「海の珍味《ちんみ》？」

「うん。岩なんかに貝みたいにしてぺったりくっついてるから、昔は『ホヤ貝』って言われてたけどね。実際は、もっとも人間に近い無脊椎動物《むせきついどうぶつ》なんだよ」

「へー。すっごいきょうみぶかい」

「自分の爪見ながらの返事……ホヤって幼生のときはオタマジャクシみたいな見た目で、ゆらゆら泳いで岩にぺたりと張りつくんだ。その後は泳ぐ必要がないから尻尾《しっぽ》を切り捨てて、考える必要もないから自分の脳も食べちゃって、ただそこにいるだけ」

「それは知ってる。えっちな意味じゃない、『変態』だよね」

昆虫《こんちゅう》にもある話だからか、町野さんも理解が早い。

「そう。そんなホヤが転生したのが、僕です」

「あー、なるほど。どうりで二反田《にたんだ》はいつも感情が……怖《こわ》っ！　『不気味の谷』の崖《がけ》っぷちにいる顔で言われると、わりとクリティカルで怖《こわ》いよ！」

「ロボットが人間に似すぎると、逆に怖《こわ》くなる現象だね。喜んでもらえてなにより」

「喜んでないよ！　ガチで怖《こわ》かったよ！」

よく見れば、町野さんの目尻《めじり》に涙《なみだ》が浮《う》かんでいる。

「ご、ごめん。僕はホヤでもロボでもないよ」

謎《なぞ》の弁解をする僕を見もせず、町野さんは顔を押さえて鼻をすすっている。

「ひどいよ二反田《にたんだ》……普通《ふつう》の男子はみんな、小学校時代に軽い気持ちで怪談《かいだん》を始めたら女子がガチ泣きしちゃうって経験をしてるから、成長してからは手心を加えるのに……」

「泣いていても、言葉のナイフは急所をはずさないね……」

僕がクリティカルな痛みに胸を押さえると、町野さんの口が「ω」の形になった。

「どう、二反田《にたんだ》。涼《すず》しくなった？」

「うそ泣きだったの⁉」

答えの代わりに、べぇと舌を出す町野さん。

「ラムネ、ごちそうさま。あとわたし、けっこうすぐ泣くから気をつけて！」

最後はきちんと笑顔《えがお》になって、町野さんは部室を出ていく。

「うそ泣きかどうかはともかく、初めて町野さんの涙《なみだ》を見たかも……」

その原因が自分にあることに、心がざわついていた。

町野さんならなんでも笑うと考えていたなら、僕は自分の驕《おご》りを戒《いまし》めるべきだろう。

「いったた……冗談《じょうだん》でもやっちゃだめなやつだこれ……」

自分への罰《ばつ》で「たらい」を頭に落としたところ、衝撃《しょうげき》でしばらく立ち上がれなかった。

＃14　フェチに目覚めた町野さん

昼の蟬時雨《せみしぐれ》も遠くに聞こえる、窓を閉め切った夏休みの部室。

僕は設置されたばかりのエアコンの下で、のんびり涼《すず》んでいた。

「風向きを調節すれば、ドミノにも影響《えいきょう》がなさそうでよかった」

早速《さっそく》並べようかと体の向きを変えた際、窓ガラスに自分の顔が映った。

「……著《いちじる》しく、無《む》」

たまに人から指摘《してき》されるけれど、どうやら僕は表情に乏《とぼ》しい。先日も自分はホヤが転生した姿だとホラを吹《ふ》いたところ、妙《みょう》なリアリティがあって町野さんを怖《こわ》がらせてしまった。

「町野さんみたいなマンガ顔芸ほどじゃなくても、ある程度は表情も必要だよね……」

少し訓練してみようかと、窓ガラスに向かって笑いかける。

その瞬間《しゅんかん》、背後で部室の引き戸が開いた。

「あっ……」

振《ふ》り返《かえ》ると、プール上がりっぽい制服女子がおびえた顔で立っている。

「いらっしゃい、町野さん。笑顔《えがお》の練習をしているアンドロイドを見てしまったような気まずい表情だけど、どうかした？」

「……大丈夫《だいじょうぶ》よ、ニタンダTYPE―G。あなたもいつか、とびっきりの笑顔《えがお》ができるわ」

「マチノ博士……を守るために、敵を道連れに自爆《じばく》するシーンでの笑顔《えがお》？」

むふっと笑って、「ω」の口になる町野さん。

「ところで二反田《にたんだ》。かわいい子って、いい匂《にお》いするよね」

「笑顔《えがお》の練習には触《ふ》れないであげようという、心遣《こころづか》いの話題転換《てんかん》？」

「そういうわけじゃ、ないこともないかな」

「大筋で容疑を認めてる」

「うそうそ。わたしが匂《にお》いについて見識を深めたいだけだよ。だってベニちゃんとか、すごいいい匂《にお》いするんだよねー。あれってシャンプーなのかな」

「じゃないかな。ほかの候補は柔軟剤《じゅうなんざい》、制汗剤《せいかんざい》、ヘアミスト、ボディクリームとか」

「イケメンもいい匂《にお》いするって言うよね。ワックス？　ひげそりのローション？」

「町野さん、匂《にお》いフェチなの？」

「そうかも。わたしは年中水びたしの、無味無臭《むしゅう》女だから」

「自分を妖怪《ようかい》『濡《ぬ》れ女《おんな》』みたいに」

「二反田《にたんだ》は、女の子の匂《にお》いとか興味ない？」

「昨日、家の玄関《げんかん》の前にコクワガタがいたんだ」

横浜市《よこはまし》でも僕の住む辺りは、まあまあ自然に囲まれている。

カブトムシだって普通《ふつう》に捕れるし、川沿いの道を歩けばハサミを振《ふ》り上《あ》げたザリガニに威嚇《いかく》されることもしばしばだ。

「オス？　メス？」

「食いつきいいなあ。これから都合が悪いときは、毎回クワガタの話をしよう」

「昆虫《こんちゅう》の匂《にお》い、いいよね。野性味っていうか、夏の思い出と紐《ひも》づいてて」

「早くも匂《にお》いフェチが染《し》み出《で》てきた」

「匂《にお》いと言えばさ、二反田《にたんだ》は女の子の匂《にお》いとか興味ないの？」

「クワガタはオスだよ。少し観察して、踏《ふ》まれない位置に移動しておいた」

「飼えばいいのに。コクワガタは越冬《えっとう》できるよ」

「かっこいいフォルムを堪能《たんのう》させてもらったから十分かな」

「フォルムと言えばさ、二反田《にたんだ》は女の子のフォルムに興味ないの？」

「そらした話題が悪化して返ってきた」

「自分で言っといてなんだけど、フォルムでホヤの話を思いだしちゃった……」

町野さんの目が、「×」を横長にしたようにきつく閉じられている。

「怖《こわ》がらないで、町野さん。ガイコツパンダホヤみたいな、かわいいのもいるから」

僕はスマホで検索《けんさく》し、表示された画像を見せた。

「かわい……くないよ！　ソシャゲのザコ敵にしか見えないよ！」

たしかにと思いつつ、町野さんが気に入りそうな別のテーマを探す。

「あ、ほら。いま検索《けんさく》してみたら、若い女性は『ラクトン』っていう成分を発していて、それがいい匂《にお》いの正体なんだって。町野さんも、無臭《むしゅう》じゃないっぽいよ」

「ほほう。じゃあ二反田《にたんだ》、ちょっと嗅《か》いでみてよ」

「町野さんはもうちょっと、自分の性別を自覚しようか」

「さすがにわたしも、普段《ふだん》なら男の子に匂《にお》いを嗅《か》がれるのは恥《は》ずかしいよ。でもいまはプール上がりだから、たぶん本当に無臭《むしゅう》だし」

たしかにと、納得《なっとく》しかけたときだった。

「はい。お願い」

いつの間にか、すぐ目の前に町野さんが立っている。

「ま、待って、町野さん。匂《にお》いの問題じゃない気がする」

「もう遅《おそ》いっしょ」

町野さんがイケメンムーブで、ドンと壁《かべ》に手をついた。

否《いや》が応《おう》でも、鼻先がその匂《にお》いを嗅《か》ぐ。

「……ん？　……プールっぽい匂《にお》い、ぜんぜんしないね」

「軽くシャワーで流してるからね。どう、二反田《にたんだ》」

「……いい匂《にお》い、するかも。ココナッツっていうか、ミルクっぽい」

「ちなみに二反田《にたんだ》は、汗《あせ》の匂《にお》いがするよ。アンドロイドじゃなかったね」

はっとなって、町野さんから離《はな》れた。

「ご、ごめん。自分も嗅《か》がれるってこと、失念してた」

「ぜんぜん。文化部でも汗《あせ》かくんだなって、ちょっと安心した」

「もうちょっと主語を小さくしないと、炎上《えんじょう》しちゃうよ」

「それに汗《あせ》だけど、くさいって感じじゃなかったし。もっかい嗅《か》がして」

「いやです。僕にだって乙女《おとめ》心はあります。ちょっとシートで汗拭《あせふ》いてくる」

「その前に嗅《か》がせてよ。オオカマキリ捕ってきてあげるから」

「それでなびくの小二男子だけだよ」

「じゃあジュースおごってあげるから、一生」

「落ち着いて、町野さん。『一生のお願い』ノリで言ったんだろうけど、意図せずプロポーズみたいになってる」

「わたし……この匂《にお》いを、どこかで嗅《か》いだ記憶《きおく》がある……」

「人の話を聞いて」

「あの記憶《きおく》……ちゃんと思いだしたい！　ううん、思い出さなくっちゃ！　わたしが忘れてしまった、『大切ななにか』を――お願い、嗅《か》がせて！」

「そんな夏休み映画のヒロインみたいに言われても……僕だって恥《は》ずかしいよ」

「じゃあ、目ぇつぶっとくっしょ」

町野さんが再びイケメンムーブで迫《せま》ってきて、僕は壁《かべ》に追《お》い詰《つ》められた。

「か、壁《かべ》ドンはね、そもそもは隣《となり》の部屋がうるさいときに壁《かべ》を殴《なぐ》る音の意味——ひっ」

「ああ……この匂《にお》い……思いだす、かすかな記憶《きおく》……」

「うう……町野さんは、いい匂《にお》いなのに……」

「夏の景色……田舎《いなか》のおばあちゃんの家……かすかな……本当にかすかな匂《にお》い……」

「早く思いだして。本当に恥《は》ずかしい」

「……ありがとう。思いだしたよ、二反田《にたんだ》」

「なんの匂《にお》いだったの」

「『ミヤマクワガタ』と『お父さん』で迷ったけど、たぶんお父さんの匂《にお》いだね。ちっちゃい頃《ころ》に、よく肩車《かたぐるま》してもらったから」

「お父さんも僕も、ニアリーイコール昆虫《こんちゅう》なの⁉」

「うちのお父さん若いから、加齢臭《かれいしゅう》とかじゃないよ。単に男の人の匂《にお》いってだけ」

町野さんが舌を出し、片目だけ不等号のようにぱちりと閉じた。

「……もう絶対に嗅《か》がせないからね。お風呂《ふろ》上《あ》がりのとき以外」

「二反田《にたんだ》のそれも、意図せず口説き文句になってるよ」

僕は赤くなったのか、町野さんの口元がいつもの「ω」に変化する。

「じゃ、わたし部活に戻《もど》るね。明日はジュース買ってくるよ」

町野さんはにこにこと上機嫌《じょうきげん》で、部室を去っていった――。

と見せかけて、すぐに引き戸が開く。

「二反田《にたんだ》、憤怒《ふんぬ》？　訴訟《そしょう》も辞さぬ？」

「……別に怒《おこ》ってはないよ。『大切ななにか』を失った気がしてるだけ」

「大丈夫《だいじょうぶ》。二反田《にたんだ》が百二十歳まで独身だったら、わたしが再婚《さいこん》してあげるから」

「ラブコメセリフっぽいけど、保険をかけすぎてる！」

さすがにこれでは、僕も赤くならない。

「でもわたし、お父さんの匂《にお》い好きだから。じゃね」

僕が赤くなる前に、町野さんは去っていった。

「あんなこと言って、また嗅《か》ぐつもりなのかな……」

僕は急いでスマホで検索《けんさく》した。

『イケメン　いい匂《にお》い　理由』

＃15　軽率《けいそつ》に海へ飛びこむ町野さん

夏休みも八月に入ったけれど、僕は相変わらず部室でドミノを並べている。

いまはひと通り並べ終わって、動画撮影《さつえい》の準備中だ。

「『カーペット』はベタなギミックだけど、やっぱり絵映《えば》えするね」

三脚《さんきゃく》に装着したスマホを動かして、角度を微《び》調整《ちょうせい》する。今回は「倒《たお》れると絵が現れる支線のネタ集」という動画の素材用なので、引きの画角だけで事足りそうだ。

「十秒かからないし、町野さんがくる前に撮《と》っちゃおうかな」

なんてつぶやいたタイミングで、予想よりも早く部室の引き戸が開いた。

「JK、四人そろうと背を向けた写真撮《と》りがち」

現れたのは、首にタオルをぶら下げた水着姿の町野さん。

「いらっしゃい、町野さん。後ろ姿なのは、SNSに上げるから？」

「運動部女子の場合、試合直後はかわいくないからだよ。部活は青春の思い出。されど盛れてない青春は黒歴史。背中写真ならエモさだけ残せる」

「めちゃめちゃ理にかなってた」

「というわけで、二反田《にたんだ》。いまから海へいこう」

「フッ軽《かる》すぎるよ。部活はどうするの」

「うるせェ！！！　行こう!!!!」

「話を聞く気がないなってわかる、ビックリマークの数」

「女子はね、十六になるとムラムラするんだよ。海に向かってジャンプしてぇ。その姿を背後から撮《と》りてぇ。映《ば》えてぇ。上げてぇ。承認《しょうにん》よっきゅりてえって」

「インスタ王になりたいんだね。懸賞金《けんしょうきん》200万いいねの」

「じゃ、支度《したく》しといて二反田《にたんだ》。わたし部活に戻《もど》って、服着てくるから」

「いやでも、僕はいまからドミノの撮影《さつえい》が――」

「うるせェ！！！　行こう!!!!」

そう言って、町野さんは大股《おおまた》歩きで部室を出ていった。

たぶん、アラバ●タ編までしか読んでいないと思う。


「二反田《にたんだ》とふたりで電車に乗るのって、初めてじゃない？」

都心と観光地を結ぶ電車に隣《となり》同士で座《すわ》り、僕たちの航海が始まった。

「町野さんは、トランポリン通学だもんね」

「いま二反田《にたんだ》がなに考えてるか当ててあげようかデートみたいで楽しい」

「ひと息で言うなら、前半質問形式じゃなくてよくない？」

「お。デートを否定しなかったね」

「女の子が言う『デート』は、『お母さんに夏服を買ってもらう』のと同じくらいの意味だと思ってるから」

「え、服買ってくれるの？」

「そこ広げるの？」

「ほら、はしゃいでるわたしかわいいね。楽しいね」

「そうだね。電車でイヤホンしないのって久しぶりかも」

ささやかな非日常を体験して、僕も多少は浮《う》かれている。

「うれしいな。海なんて去年ぶり」

「そんなに久しぶりじゃないんだね。町野さんは海が好きなの？」

「海と、天気雨と、緑の多い場所で下向きながら歩いて昆虫《こんちゅう》探すのが好き」

「小二男子テンション爆上《ばくあ》げセット……ほかに、ちくわと深夜ラジオも好きだよね」

「ちくわは普通《ふつう》」

「あんなに毎日食べてるのに？」

「プロテインみたいなものだから」

聞いてみないとわからないものだなと、小さな感動を覚える。部室にいるとなぜかこういうプレーンな会話が少ないので、そういう意味でも新鮮《しんせん》な体験だ。

「二反田《にたんだ》はなにが好き？」

「ドミノと、動物と、重ねてある布団《ふとん》と布団《ふとん》の間に手を突《つ》っこむのが好き」

「布団《ふとん》のくだりは女子ウケを狙《ねら》った『わかるー』待ち……と見せかけて、『そこでもツッコむのかよ！』ってツッコんでほしいんでしょ」

「そこ気づかれると、次からハードル上がるなあ」

「わたし、二反田《にたんだ》のことならけっこうわかるよ。恐竜《きょうりゅう》展に行く話をぜんぜん詰《つ》めてくれないのも、『よく考えたら、これってデートなんじゃ……』とか、もやもや考えてるんでしょ」

町野さんが指先で、僕の胸をつついた。

「物理的に図星を突《つ》かないで」

「二反田《にたんだ》はさー、わたしを女子として意識しすぎじゃない？」

「町野さんは思春期なのに、自分と周囲の性別に無自覚すぎじゃない？」

「矛盾《むじゅん》してるよ、二反田《にたんだ》。デートはお母さんと服を買いにいく程度なんでしょ？」

「人間は矛盾《むじゅん》をはらんだ生き物だって、坂本くんも言ってたよ。町野さんだって自己の女性性《じょせいせい》に無自覚でいながら、ルッキズム的な優位性は客観的に把握《はあく》できてるでしょ？」

「言葉がむずかしくて一個もわかんないよ！　坂本くんってなに！」

「坂本くんはむずかしくない！　町野さんの右斜《なな》め後ろの席の男子！」

「じゃあリョーマって言ってよ！」

「坂本くんはメガネくいっするタイプで幕末感《ばくまつかん》ゼロだから、言いたくないんだよ！」

「なんかあれだね。二反田《にたんだ》って幼少期の頃《ころ》の自己紹介《しょうかい》カードでも、『好きなドリア：ミトコンドリア』とか書いて、ひとりでハイセンス気取ってそう」

「思わず顔が赤くなるくらい、よくできた言いがかり！」

そこで町野さんの口が、「ω」の形になった。

「わたしたち、いまケンカしてたね」

「お互《たが》いに感情的だったね。主に坂本くんのせいで」

僕たちは顔を見あわせ、同時に噴《ふ》きだした。

「やっぱり人は、軽率《けいそつ》に海へ行くべきだよ」

町野さんがほらと指さす窓の向こうに、きらきら輝《かがや》く水平線が見えた。

「こういうのは海じゃなくて、『磯《いそ》』って言うんじゃないの町野さん」

僕たちがいるのは、地元の人しかこないような釣《つ》りスポット的岩場だった。

「ビーチは激混みだから、映《ば》える写真なんて撮《と》れないでしょ」

「そもそも、ひとりジャンプで映《ば》えるのかな」

「じゃ、二反田《にたんだ》。シャッターチャンス、一度切りだからね。連撮《れんさつ》も禁止」

「一度きりって……まさか、海に飛びこむ瞬間《しゅんかん》を撮《と》れっていうの？」

町野さんが、ふふんと笑う。

「あっちから走ってくるから、こう『行くぜっ！』って感じでお願い」

「早い早い！　待って待って！」

僕は慌《あわ》ててカメラアプリを起動した。

「二反田《にたんだ》、いっくよー！」

地面に膝《ひざ》をついて画角を調整していると、制服姿の町野さんが走ってくる。

「婚活《こんかつ》アプリの写真って、他撮《たど》りじゃないと『ぼっち』認定《にんてい》されるんだって！」

町野さんは岩場から海へ向かって、体を反らせながらジャンプした。

「もっとマシなかけ声なかったの⁉」

僕は叫《さけ》びながら、シャッターにタッチする。

どっぱんという水音と、跳《は》ね上《あ》がる水しぶき。

やがてびしょ濡《ぬ》れの町野さんが、岩場へ上がってくる。

「どうだった、二反田《にたんだ》」

「う、うん。撮《と》れてるよ。『C』の字みたいなエビ反りジャンプ」

僕は町野さんから目をそらしたけれど、あまり意味はなかった。

「この陽射《ひざ》しなら、小一時間で乾《かわ》くね」

おもむろに濡《ぬ》れたブラウスとスカートを脱《ぬ》ぎ、岩場に並べる町野さん。

そういえば「服を着てくる」とは聞いたけど、「着替《きが》える」とはひとことも言ってない。

「いやー、おかげで楽しかったよ。ありがとう、二反田《にたんだ》」

僕のスマホから画像を受け取り、町野さんがうれしそうに笑う。

「遠出したかいがあってよかった。この画像なら、インスタ王になれそう？」

「なにそれ。上げないよ」

「まさかの婚活用《こんかつよう》？」

「ないない。画像は海へ行く口実。『捜《さが》し物《もの》を探しにいく』くらいの思いつき」

「ひとつなぎの悲報！」

町野さんの「ω」の口が、今日はずいぶんと多い。


それからしばらくの間、僕たちは熱い岩の上でおしゃべりをした。

恐竜《きょうりゅう》展に行く予定をすりあわせたり、坂本くんの新しいあだ名を考えたり。

いつもみたいに、恋《こい》も他愛もない会話を繰《く》り返《かえ》した。

制服は、あっという間に乾《かわ》いた。

けれど寄せては返す波のように、僕たちは日暮れまでボケたりツッコんだりしていた。

#16 古参マウントを推奨《すいしょう》する町野さん

夏休みの午前中、僕は書店で涼《すず》んでいた。

「買い忘れている新刊、ないかな」

マンガはアプリで読むことが多いけれど、僕は気に入った本は手元に置きたい派。本棚《ほんだな》に並べて背表紙が目に入ったときに、ちょっとテンションが上がるから。

友人の八木も現物所有派だけど、僕とは理由が違《ちが》う。「電子書籍《しょせき》は容量を食うだろ。スマホにはもっと、人に見せられないものを入れておくべきだ」とのこと。

僕にはなんのことかわからないと、すっとぼけておく。

「二反田《にたんだ》、三分遅刻《ちこく》だよ。わたしが」

肩《かた》をたたかれたので、背後を振《ふ》り返《かえ》る。

Tシャツとショートパンツに黒いキャップをかぶった女の子が、くすくすと笑っていた。

僕の頬《ほお》にめりこんだ人差し指は、そんなに爪《つめ》が伸《の》びていない。

「町野さん。開き直った上に、罪を重ねないで」

「デートの第一声で女の子の服をほめないなんて（※遅刻《ちこく》ごめん）、モテないよ二反田《にたんだ》」

「携帯料金プランの説明みたいな、よく見ないとわからない謝罪」

「で、わたしの私服どう？　ひれ伏《ふ》す？」

町野さんが腰《こし》に手を当て、ふふんと胸を張る。

「解釈一致《かいしゃくいっち》、って感じかな。下半身の露出《ろしゅつ》がそれなりにあるのに、水着を見慣れているから
むしろ健全とすら思います」

「……二反田《にたんだ》は、作画コスト低そうな服だね。☆1コモンって感じ」

「ごめんなさい。『平服に平伏《へいふく》』とか言うべきでした」

「ならよし。わたしも女の子だからね。それにファッションなんて変わっていくから、スポーティ時代のわたしを知ってると古参ヅラできるよ」

「誰《だれ》にマウントを取ればいいかわからないけど、記憶《きおく》に焼きつけておきます」

町野さんが口を「ω」の形にして、辺りを見回す。

「やっぱ本屋さんっていいよね。朝読《あさどく》で読んでた小説が好きで、似たやつないかなーってたまに探しにくるよ」

「マンガじゃなくて小説なんだ。どんなの？」

「青っぽい表紙。帯に『泣ける』の文字。きみとぼくがなんやかんやで女の子が死ぬ、主人公が二反田《にたんだ》みたいに平凡《へいぼん》を装《よそお》ってるけど周囲から見ると明らか浮《う》いてるやつ」

「とても好きとは思えない、言い草……だね……」

「あ、流《なが》れ弾《だま》ごめん」

「大丈夫《だいじょうぶ》。ほんの致命傷《ちめいしょう》だから」

「二反田《にたんだ》はたしか、背徳系のラノベが好きなんだよね。年の差とか二股《ふたまた》とかの」

「前に話した前提になってるけど、そんなこと一度も言ってないよ！」

「じゃあどんな性癖《せいへき》のラブコメをご愛顧《あいこ》？」

「まだ決めてかかってる……そうだね。好きだよ、ラブコメ。ヒロインが水泳部で、主人公が平凡《へいぼん》を装《よそお》って周囲から見ると明らかに浮《う》いているやつとか」

町野さんの眉《まゆ》がひくりと動き、じっと僕を見据《みす》えてくる。

僕も町野さんの瞳《ひとみ》を見返し——七秒で屈《くっ》した。

「自分で言ったくせに赤くなったー！　二反田《にたんだ》の負け。お昼にインバウン丼《どん》おごりね！」

「金額エグすぎない⁉」

なんておしゃべりをしながら電車に乗り、僕たちは約束していた恐竜《きょうりゅう》展に向かった。


「ケントロサウルスと比べると、ステゴサウルスってそこまで『剣竜《けんりゅう》』感ないねー」

「うん。尻尾《しっぽ》だけは尖《とが》ってるから、『モーニングスター竜《りゅう》』って感じかな」

「ヴェロキラプトルの巻き爪《づめ》って、なんか自分に刺《さ》さりそう」

「伸《の》びた牙《きば》が丸まって自分の脳に刺《さ》さるって話が有名なバビルサも、頭蓋骨《ずがいこつ》まで貫《つらぬ》くケースはそう多くないらしいよ」

展示に夢中な町野さんを横目で見ると、口がほどよく「ω」になっている。

「やっぱ夏と言えば恐竜《きょうりゅう》展だねー。二反田《にたんだ》の雑学、めっちゃ楽しい」

「僕も小学生ぶりにきて、ちょっとテンション上がってます」

「二反田《にたんだ》いまのところ、一緒《いっしょ》に恐竜《きょうりゅう》展行きたい人ランキングの一位だよ」

「二位以下にエントリーなさそう……あっ、相手がいないって意味じゃなくて」

僕の失言をどう解釈《かいしゃく》したのか、町野さんがニタニタしている。

「こういうときの定番で聞くけど。わたしたち、カップルに見えると思う？」

「少なくとも僕は、一対《つい》の男女はすべてつがいに見えるよ」

「言いかたに陰《いん》キャ……明らか浮《う》いてる人のオーラが出てるよ」

「『あ、オブラートに包むの忘れてた。てへ』って顔は、見せないでほしかったな」

「わたしちょっと、トイレ行ってくる。一分十秒で戻《もど》ってみせるね」

「座《すわ》って待ってるから、記録を狙《ねら》わずごゆっくり」

揺《ゆ》れるポニーテールの後ろ姿を見送って、そばのベンチに腰《こし》を下ろす。

どうやら町野さんは楽しんでくれているみたいだし、僕も楽しい。ドミノしかない部室でもあれだけ楽しいのだから、当たり前と言えば当たり前だけど。

「次にこういう機会があるとしたら、来年の夏休みかな……」

もちろんそれまでに、町野さんに彼氏《かれし》ができなければだけど。

「……それもむずかしいか。町野さんモテそうだし」

仮に町野さんに彼氏《かれし》ができたとして、男友だちとして遊びに行くのは……無理だよね。

でも一対一じゃなくて大勢なら……怒《おこ》る彼氏《かれし》もいるかな。

だったら、僕とすでに友だちの人物が町野さんの彼氏《かれし》になれば――。

「そもそも、友だちがいない……」

「二反田《にたんだ》。陰《いん》キャ呼ばわりの件、まだ引きずってるの？」

「本当に一分十秒で戻《もど》ってきたし、一回包んだオブラートを剝《は》がさないで」

「それより、ごはん食べようよ。わたし、いいお店知ってるんだ」

どうか外国人観光客向けのお店じゃありませんようにと、祈《いの》りながらに移動する。


「自分がこういう店で、パンケーキを食べる日がくるとは……」

いま僕の目の前には、ホイップクリームとフルーツ盛《も》り盛《も》りのそれがあった。

「ここおいしいのに、セルフ方式だから安いんだよね」

町野さんは幸せそうな顔で、もちもちとパンケーキを食べている。

「たしかにおいしいけど、まだちょっと落ち着かないかも」

おしゃれカフェっぽい店内にいるのは、女性客とカップルばかり。みんなスマホを構えるのに夢中で僕なんて見ていないけれど、どうしても場違《ばちが》い感は意識してしまう。

「そういえば二反田《にたんだ》。さっきトレイ持ったまま、わたしを捜《さが》してきょろきょろしてたね」

「町野さんがステルスゲームみたいに、僕の背後に回りこむから」

「ああいう姿を目撃《もくげき》されると、女子は百年の恋《こい》も冷めちゃうらしいよ」

「好きな人に好きになられると逆に冷めるっていう、蛙化《かえるか》現象《げんしょう》の拡大解釈《かいしゃく》だね。声が小さくて店員さんに気づかれないのを見たときとか」

「わたしが『わかるー』ってならなかったのは、カエルを好きだから？」

「シンプルに、僕に恋《こい》してないから」

「……あ。なんか、ごめん」

町野さんが頬《ほお》を赤らめたので、計算したボケではなかったらしい。

「そういうの、気にしなくていいと思うよ。町野さんは、軸《じく》がしっかりある人だし」

「え、うれしい。もっとちょうだい」

「パンケーキを？」

「……二反田《にたんだ》。そういうちょいSっぽいの、わたし以外にはしないほうがいいよ」

町野さんの顔が赤い。怒《おこ》らせてしまったようだ。

「ご、ごめん。ええと、町野さんは『力こそパワー』の人に見えて常識人だし、怖《こわ》い話を想像して泣くし、人間関係に悩《なや》んだりもする、まあまあ普通《ふつう》の女の子で」

「……うん」

「でもそんな自分を自覚していて、その上でなるべく手を大きく広げて、人生の楽しみを取りこぼさないようにしようってがんばってる人、って思ってます」

たぶん僕に声をかけてくれたのも、そういう好奇心《こうきしん》のひとつだと思うし。

「……わたしいま、顔赤い？」

町野さんが、ほっぺたを押さえながら聞いてきた。

「そうだね。日焼けバージョンかと思うくらい」

「日焼けかー。二反田《にたんだ》は、そっちのほうが好み？」

「どうだろう………あっ」

気づけば町野さんの口が、「ω」の形になっている。

「想像してたねえ。お互《たが》い赤くなったから、おあいこ」

「赤面の種類がてきめんに違《ちが》う！」

その後は夏休みが明けたら文化祭だねとか、その前に花火大会で八木と雪出さんをどう近づけようかなど、とりとめもない話をしながら帰った。

夜には夢を見た。

天気雨が降る山道を、町野さんと一緒《いっしょ》に散歩するカエルの夢だった。

＃17　花火《みらい》を見上げる町野さん（前編）

夏休みも終わりが近づき、どことなく切ない気持ちになる夕暮れ。

けれど浴衣《ゆかた》姿の人混みや、祭り囃子《ばやし》のＢＧＭ、そしてイカ釣《つ》り漁船のように煌々《こうこう》と光る屋台のまぶしさが、僕たちに日常を忘れさせてくれた。

「やべえ、二反田《にたんだ》。俺ドキドキしちぇきた。全身の毛穴から、心臓が飛び出しそうだ」

コンビニの前を右往左往する、アフロ気味の髪型《かみがた》をしたアロハシャツの少年。

八木は僕の友人で、今夜は共に花火を見物する予定だ。

「甘噛《あまが》みしたし、いろいろ混ざってるしで、気持ち悪さしか伝わってこないよ」

「二反田《にたんだ》は緊張《きんちょう》しないのか。女の子と夜のデートだぞ」

「まあちょっとはドキドキするけど、八木ほどじゃないかな」

僕がこんなに落ち着いているのは、この集まりの「仕掛《しか》け人《にん》」だから。これからくる女子のひとりと八木の間に生じた、ぎくしゃくを取り除くことが今夜のミッションになる。

僕の相棒、すなわちもうひとりの仕掛《しか》け人《にん》は到着《とうちゃく》が遅《おく》れていた。

トラブルでもあったかなと心配していると、ターゲットの女子とともに現れる。

「お待たせっぷく！」

今夜の町野さんはいつもと違《ちが》い、紺色《こんいろ》の浴衣《ゆかた》を着て髪《かみ》をアップにしていた。

「こ、こんばんハラキリ！」

雪出さんは水色の浴衣《ゆかた》を着て、金色の髪《かみ》からいつも見せない耳を出している。

「ふたりとも落ち着いて。命で償《つぐな》ってもらうほど待ってないから」

僕は冷静にツッコミつつも、女子ふたりの浴衣《ゆかた》姿に目を奪《うば》われていた。

普段《ふだん》と違《ちが》う服装だけでもドキッとするのに、同い年なのにやたら大人の女性に見えてしまうというか、あらためてきれいな人だと実感したというか――。

「二反田《にたんだ》、めっちゃ見るじゃん。フヒヒ。かわいかろー？」

町野さんが浴衣《ゆかた》の両袖《りようそで》を持ち上げ、にやにやと笑っている。

「だって町野さんが、遅《おく》れてきたのにイカゲソくわえてるから」

「違《ちが》うだろ、二反田《にたんだ》。こういうときは、『ふたりとも死ぬほどかわいい』でいいんだ」

八木が僕を踏《ふ》み台《だい》にして、自分の株を上げにいった。

「あ、ありがとデス……」

恥《は》じらいながら髪《かみ》を耳にかける雪出さんの仕草がまた可憐《かれん》で、八木はもちろん、僕も町野さんも、少なからず鼻息を荒《あら》くする。

「とりあえず、花火が見える場所まで歩こうか（二反田《にたんだ》、フォーメーションAね）」

町野さんの小声に反応し、僕は前列の左側に陣取《じんど》った。

かわいすぎる雪出さんを衆人環視《しゅうじんかんし》から守りつつ、八木と近づける陣形《じんけい》だ。

「（まだふたりに会話はないね。二反田《にたんだ》、ネタ振《ふ》ろ）はーい、お祭り大喜利《おおぎり》やるよー」

「（町野さん、大喜利はハードル高いよ。素人《しろうと》は絶対グダる）」

「（それをなんとかするのが二反田《にたんだ》の仕事でしょ）じゃあお題。『こんなリンゴ飴《あめ》は絶対に食べたくない』……どんなリンゴ飴《あめ》？　はい、八木ちゃん早かった」

「食べる前にライトニングケーブルで充電《じゅうでん》が必要」

「アップルだけに。昔のはタイプCじゃだめなんだよね。いいねー。はい、二反田《にたんだ》」

「えっと……（お題も雑だし、無茶ぶりがすぎるよ。MCは妙《みょう》にうまいけど）」

「（いいからほら）『こんなリンゴ飴《あめ》は絶対に食べたくない』。どんなリンゴ飴《あめ》？」

「……『絶対食べたほうがいいよ』って、蛇《へび》が勧《すす》めてくる……くっ」

「あー、アダムとイブの知恵《ちえ》の実ね。初期のチャットGPTが答えそうな感じだね」

「自分でも、そう思いました……」

「じゃあベニちゃん、判定は？」

「えっ……八木サンのほうが、わかりやすかったかもデス……」

「勝者、八木ちゃん。二反田《にたんだ》はあとで、わたしとベニちゃんにリンゴ飴《あめ》おごりね」

「（それはいいけど、これ僕がやけどしただけで終わってない？）」

いまのところはまだ、八木と雪出さんは直接の会話をしていない。

「おっけー、二反田《にたんだ》。じゃあ普通《ふつう》に雑談しよう。ベニちゃんと八木ちゃんって、同じ中学でいまは部活も同じなのに、あんまり話してないよね。なにかあったの……って聞くにはどうすればいい？（お祭りって、通りを歩くだけで楽しいよねー）」

「（町野さん、大声と小声逆！）」

「わ、わざとだから（みんなでラムネ買わない？）」

「（まだ逆！）」

「なんか町野さんが、いきなりぶっこんできたなあ」

振《ふ》り返《かえ》ると、八木が苦笑いをしている。

「……スズリ、心配してくれたんだデスネ。ワタシと八木サンがお互《たが》いに好意を持っているからこそ、うまく話せなくなっちゃっているコト……」

雪出さんが持ち前の空気読み力で、列に並んだほかの客も聞いてる前提のトークをするラーメンマニアみたいに、いい感じに状況《じょうきょう》を説明してくれた。

「わたし体育会系だからわかんないけど、ふたりは両想《りょうおも》いなのになんで話せないの？」

町野さんが、あえて空気の読めない人を演じる。

「ワタシは……ずるい女だからデス。自分に勇気がないだけなのに、八木サンがワタシを好きだと知っていたから、傷つかないようにただ待っているんデス……」

意外にも、雪出さんが先に切りだした。

「俺は……業《カルマ》を背負ったんだ。雪出さんを好きだけど、好きになられる資格はない」

僕はシリアスな八木の表情を見て、どうしようかと目線で指示を仰《あお》ぐ。

するとと町野さんは無言でうなずいてから、

「（こくり）」

とだけ小声で言った。ノープランの丸投げだ。

「八木。まだ会場まで距離《きょり》があるし、差《さ》し支《つか》えなければ、八木がそう思うに至った理由を聞かせてくれないか。歩きながら、いい感じの尺で」

「……わかった。あれは入学して最初のホームルームで、二反田《にたんだ》が『やがて二軍落ちする初期メンバーの弓使いみたいな顔って言われてました』という自己紹介《しょうかい》ですべった日から一ヶ月と少し前、俺と雪出さんが中学を卒業する直前のことだ」

「中学時代の話なら、僕の自己紹介《しょうかい》のくだりいらないよね？」

「ほじくりたくはないが、雪出さんは英語の成績がよくなかった。この容姿なら英語ができて当然という周囲のプレッシャーから、アレルギーのようになっていたんだ」

八木の言葉に、雪出さんがうなずく。

「英語は苦手デス……完璧《かんぺき》にやらなきゃって思うと、後回しにしてしまって……」

外国にルーツがあると言っても、雪出さんのお母さんは英語圏《けん》の人じゃない……なんて反論は、きっと意味がないんだろう。偏見《へんけん》に理屈《りくつ》は通用しない。

「だが雪出さんは吐《は》くほど勉強して、英語で悪くない成績が取れるようになった。国語や数学はもともとよかったから、最終的には上位の成績でうちの学校に入れた」

僕と町野さんは拍手《はくしゅ》したけれど、雪出さんも八木も浮《う》かない顔だ。

「そんな雪出さんを、悪《あ》しざまに言うやつがいた。国際問題を避けるために学校が合格させたとか、ビジュがいいから面接で受かったとかな。直接的に非難するわけじゃない。『親ガチャ大成功でいいよね～』みたいな、周囲を巻きこむ卑怯《ひきょう》なやりかただ」

「いるねー。そういう人はどこにでも」

町野さんの感想に、八木がうなずく。

「ああ。どこにでもいる普通《ふつう》のやつさ。そのくらいの愚痴《ぐち》、誰《だれ》だって言う。だけど俺は、みんなの前でそいつに言った。『おまえが雪出さん並みに努力して不合格なら、そう吠《ほ》えてもいいさ。勉強せずに適当な高校に決めた負け犬以下が、なんで下を向いてないんだ？』ってな」

正論であるだけに、相手は感情でしか反応できなかっただろう。

「それで、どうなったの？」

町野さんが、真剣《しんけん》な表情で八木に問う。

「目に涙《なみだ》を浮《う》かべて罵詈雑言《ばりぞうごん》を吐《は》くそいつに、『俺なにかやっちゃいました？』って顔でさらに言ってやったよ。『ネットに芸能人の悪口を書きこむやつらと同じだな。私はこの人の成功が妬《ねた》ましいですと叫《さけ》んでるだけってことに、早く気づいたほうがいいぞ』ってな」

前半だけでも、十分に相手を辱《はずかし》めている。それでも追撃《ついげき》を加えたのは、相手が逆恨《さかうら》みで雪出さんの悪口をネットに書かないように先手を打ったのだろう。

「俺はさ、こんな陽気な髪型《かみがた》なのに、むちゃくちゃ陰湿《いんしつ》で計算高いんだよ。雪出さんが聞いている前でかましたらかっこいいなって、考えながら言ってたしな」

「……実際、カッコよかったデス！」

うつむいていた雪出さんが顔を上げ、初めて八木に言葉を向ける。

「雪出さんは天使だ。純粋無垢《じゅんすいむく》なアイドルは、俺みたいに狡猾《こうかつ》で髪型《かみがた》が面白《おもしろ》いだけの厄介《やっかい》オタクに憧《あこが》れちゃだめなんだ……」

八木は推《お》しに認知《にんち》はされたいけれど、ガチ恋《こい》はしないタイプなのだろう。雪出さんを神聖視しているからこそ、いまの距離《きょり》が限界なのかもしれない。

「ワタシはそんなにいい子じゃないデス！　ワタシはワタシを好きな人が好きデス！　ちょっとくらい性格が悪くても！」

雪出さんは八木とは逆に、性善説を否定している。自分だけのダークヒーローに本気で恋《こい》をしてしまったから、普段《ふだん》に輪をかけて臆病《おくびょう》になっていたようだ。

「（ふたりとも、『ザ・人間』って感じだね。場所を変えて、『後編へ続く』かな）」

町野さんが小声でメタいことを言ったけれど、ツッコむだけの尺はなかった。

#18 花火《みらい》を見上げる町野さん（後編）

日が沈《しず》んだ河川敷《かせんしき》には、花火大会の見物客がひしめいている。

僕たちはなんとか場所を確保して、レジャーシートを地面に広げた。

「好きだけど勇気がないワタシ。好きだから身を引きたい八木サン。親友スズリともうひとりのおかげで、ぎこちなかったワタシたちは会話できるようになったケド……」

雪出さんが持ち前の空気読み力で、前回までのあらすじのように話を切りだした。

僕も空気を読んで「扱《あつか》いィ！」などとツッコまず、そっと涙《なみだ》を拭《ふ》く。

「中学時代の俺は、強火オタクだった。雪出さんを傷つけたという理由にかこつけて、愚痴《ぐち》を言っただけの女子をみんなの前でこき下ろしたんだ」

八木も負けじと、説明口調で語る。

夏休みに入る前、「俺もそうやって、適当に茶化せばよかったんだろうな」と思わせぶりに言っていたけれど、どうやらこの件《けん》のことだったらしい。

「八木サンはひどくないデス！　あの子は自業自得《じごうじとく》、いわゆる『ざまぁ』デス！」

たしかに事態を傍観《ぼうかん》していた人の一部は、八木の言動ですっきりしたかもしれない。

けれど八木は根が善人ゆえに悪に徹《てっ》しきれず、わだかまりを抱《かか》えている。

雪出さんも八木をかばいたいだけで、本当は「ざまぁ」なんて思っていないだろう。

そんなふたりに、僕たちはなにをしてあげられるのか。

「二反田《にたんだ》って八木ちゃんと同じで、失敗したときに自分を責めるでしょ」

ふいに町野さんが空気を読まず——否《いな》、空気を読んだ上で僕に話を振《ふ》る。

「うん。町野さんは、自分の失敗も他人の失敗も気にしなさそうだね」

「と、思うじゃん？　わたしは自分の失敗は許して、他人のそれは看過《かんか》できないタイプ」

「おや、最低人間だ」

「あれがやなんだよね。『他人に期待しない』って考えかた」

「他人はミスして当然と考えて怒《おこ》らないようにする、アンガーマネジメントだね」

「アスリートは、自分のミスで低下したメンタルはコントロールできるんだよ。でも他人から見て『もっとできる』感じだったら、それは改善点だから言ってほしいわけ」

「じゃあその視点だと、八木と雪出さんはどうすればいいの？」

「八木ちゃんは……相手の女の子に謝《あやま》りにいくとかは絶対だめ。それで帳消しにできると思ってるのは、加害者だけだからね。失敗は、ひたすら心に刻むしかないよ」

「アスリートっぽい。じゃあ雪出さんは？」

「ベニちゃんは一種の中二病で、八木ちゃんのダークサイドにトゥンクしちゃってる。勇気を出して顔を上げて、八木ちゃんの面白《おもしろ》さを見れば中和されるよ」

「以上。お節介《せっかい》に自信ネキが、ふたりに『期待』していることでした」

僕が話を締《し》めくくると、ぽかんとしていた八木が口を開いた。

「……二反田《にたんだ》。いまのかけあいって、台本があるのか？」

「あったらもっと仕上がってるよ。というかあとにして。町野さんの空腹が限界だから」

町野さんは行《い》き交《か》う人々を眺《なが》めながら、ゆっくりと唇《くちびる》を舐《な》めている。

さっきまでは、「綿菓子《わたがし》なら、ひとくちもらってもバレなくない？」の顔だった。

いまはもう、「ワンチャン、ジャンボフランクもいける……？」の目をしている。

「わ、わかった。サンキューな。俺らはここで留守番しておく」

僕は八木と雪出さんに別れを告げ、町野さんの袖《そで》を引いて屋台通りへ向かった。

「あのふたりは、蛇《へび》と蛙《かえる》なのかも」

食べ物を見て正気に戻《もど》ったのか、町野さんがぽつりと言う。

「蛇《へび》と蛙《かえる》……蛙《かえる》は、八木が本来の意味での蛙化《かえるか》現象《げんしょう》になってるってこと？」

「ずっとベニちゃん推《お》しで、思いが通じたら引き始めた感じだしね」

「そうかな。僕は『推《お》しと恋愛《れんあい》対象は違《ちが》う』ってだけの話だと思うよ。蛇《へび》のほうは？」

「蛇化《へびか》現象《げんしょう》。相手の悪いところも、丸呑《まるの》みで受け入れちゃう状態」

慈愛《じあい》というより、DV彼氏《かれし》やモラハラ夫に対して、「彼にもいいところはある」とかばってしまう性質らしい。雪出さんはその傾向《けいこう》が、ほんのり出ている気がする。

「平気だよ。雪出さんには、町野さんがついてるから」

逆に町野さんがいなければ、ふたりとも闇堕《やみお》ちしていた世界線もあったかもしれない。

「二反田《にたんだ》がそう言ってくれると、少し……安心するね」

町野さんが力なく微笑《ほほえ》む。友だちのためを思って助言したところで、それがいい結果になるという保証はない。不安はずっとあるはずだ。

「自信を持っていいよ。『他人に期待しない』ってマインドを否定する、いい意味で暑苦しい町野さんのアスリート精神は、僕も含《ふく》めて多くの人を救ってるから」

「ありがと。でもいまのは肩《かた》パン案件」

「町野さん、おなか空《す》いてるでしょ。パスタ揚《あ》げただけのやつ買ってこようか？」

「（ぎろり）」

あんなものでおなかが膨《ふく》れるかと言いたげな、冷たい小声と視線が突《つ》き刺《さ》さる。

「……すみませんでした。焼きそば買ってきます」

「うん。半分こしよ。二反田《にたんだ》は蓋《ふた》側ね」

「青のりしか舐《な》められない！」

「あ、じゃがバターあるよ！　二反田《にたんだ》食べて。わたしバター塗《ぬ》りたい」

「たしかにバター塗《ぬ》るときがテンションのピークで、食べきれず持て余しがちだけど」

やっと町野さんの口が「ω」になったので、ふたりで夜店に並んだ。

町野さんは躊躇《ちゆうちよ》せずに焼きトウモロコシを頰張《ほおば》り、もしゃもしゃと綿菓子《わたがし》を食べ、ぴかぴか光る腕輪《うでわ》を買って、終始ご機嫌《きげん》だった。

「町野さん。そろそろ戻《もど》らないと、花火始まっちゃうよ――」

僕が言い終わらないうちに、ドーンと大きな音がした。

見上げた夏の夜空に、きらきらと光の粒《つぶ》が弾《はじ》けている。

「間にあわなかったー。二反田《にたんだ》、もうここで見よ」

コンクリートの堤防《ていぼう》に空いているスペースを見つけ、ふたりで並んで座《すわ》る。

「きれいだね」

横目に見た町野さんの瞳《ひとみ》が、花火の明滅《めいめつ》を映していた。

希望に満ちた子どもみたいだと思いつつ、僕も「うん」と夜空を見上げる。

しばらくお互《たが》いに黙《だま》ったまま、夜を彩《いろど》るアートを眺《なが》めた。

「なんでかなー。花火を見てると、泣きそうになっちゃわない？」

「僕たちはいま、将来のノスタルジーを目に焼きつけているんじゃないかな。それを直感的に察知して、情緒《じようちよ》が先走っちゃうのかも」

「じゃあいつかの未来で花火を見たら、今夜を思いだして感傷的になるんだ」

そうだねとも、来年も一緒《いつしよ》に見ようとも、僕は言えなかった。

花火がさらさらと静かに終わり、「じゃあ戻《もど》ろうか」と立ち上がる。

「いった……」

一緒《いっしょ》に立とうとしていた町野さんが、そのままずとんと尻餅《しりもち》をついた。

「もしかして、靴《くつ》ずれ？」

「だね。下駄《げた》とかビーサンとか履《は》くと、ちょいちょいなるやつ」

「僕、絆創膏《ばんそうこう》持ってるよ」

ボディバッグから箱を出すと、「おー」と町野さんが目を輝《かがや》かせた。

「すごいね、二反田《にたんだ》。イケメン……というよりお母さん」

「浴衣《ゆかた》デートのサイトで予習してきたから」

「言わなくていいことを言った罪《ざい》。お母さんみたいに貼《は》って」

僕はドキドキしながらひざまずき、意外と冷たい足に触《ふ》れる。

「こうやって貼《は》って、貼《は》って……見て。お母さん、一週間でシール三十点集めた」

「二反田《にたんだ》のお母さん、パン祭りの猛者《もさ》なの？　かわいいね」

ふたりでしばし笑った後、「ありがとね」と町野さんが立ち上がった。

「暑いし、人多いし、花火はあっという間に終わったけど、きてよかったなー」

「そうだね。僕はこの花火を、遠い未来までずっと忘れないと思う」

「二反田《にたんだ》が日記を書いたら、『花火』に意味ありげなルビ振《ふ》りそう」

わかると思ったタイミングで、背後から声がかかった。

「おまえら、こんなところにいたのか」

振《ふ》り返《かえ》ると、八木と雪出さんがほどよく距離《きょり》を空けて立っている。

「ごめんごめん、ふたりとも。おなか空《す》いたよね？　焼きそば買ってあるよ」

町野さんがビニール袋《ぶくろ》をあさり、僕たちは再び堤防《ていぼう》に座《すわ》った。

しばらく四人で談笑《だんしょう》していると、八木があらたまった口調で言う。

「二反田《にたんだ》、町野さん。ふたりとも、今日はありがとな。とりあえず雪出さんとは、これからは普通《ふつう》に、というか昔みたいに話せると思う」

「それって、つきあうってこと？」

町野さんが身を乗りだすと、雪出さんが首を横に振《ふ》る。

「スズリと二反田《にたんだ》サンを見ていて、ワタシたちはうらやましいと思いマシタ」

「おまえらなんつーか、スゲェ楽しそうでさ。好きとかきらいとかじゃなくて、ああいうのいいなって、俺も雪出さんも思っちまった」

八木に言われて、僕と町野さんは顔を見あわせた。

少しうれしく、けっこう恥《は》ずかしく、ゆえにか町野さんは空を見上げてごまかす。

「もう二学期が、始まっちゃうね」

その少し潤《うる》んだ瞳《ひとみ》に、うっすらと花火の残像が見えた気がした。

#19 なんか変だったな、町野さん

充実《じゅうじつ》した夏休みが終わり、けだるい登校をする九月。

久しぶりに会うクラスメイトは、彼女ができたり、原付《げんつき》の免許《めんきょ》を取ったり、美容院で変身したはずの髪型《かみがた》を再現できていなかったりと、ささやかな変化が見受けられた。

「八木もちょっと、髪《かみ》が茶色っぽくなってたし。みんな節目節目で成長してるなあ」

僕は放課後の部室でドミノを並べつつ、クラスで見た光景を思い返す。

人は年を取るほど保守的になり、変化を避《さ》けるようになるらしい。傷つくことが怖《こわ》くなった結果、チャレンジからも遠ざかる。当然、成長の機会も失ってしまう。

「髪色《かみ》を変えるのが成長かと問われれば……まあ、僕にはできないチャレンジだし」

二学期からは僕もなにかに挑戦《ちょうせん》しようと考えていると、ノックの音がした。

「えっ……どうぞ」

校舎の隅《すみ》の空き教室、すなわちドミノ部に顔を出すのは、同じクラスの町野さんか八木くらいだ。ふたりともノックなんて一度もしたことがない。

「うぃーす」

引き戸をがらりと開けたのは、金髪《きんぱつ》を頭頂部で束ねて黒いマスクをした女子生徒。

その小さな黒目は不機嫌《ふきげん》そうに、ぎょろぎょろと部室を見回している。

「えっと……安楽寝《あらくね》さん。どうしたの？」

安楽寝《あらくね》さんも僕のクラスメイトだ。見た目は激安の殿堂《でんどう》にスウェット上下でうろついていそうなヤンキーだけれど、取り立てて悪い噂《うわさ》は聞いていない。

「ドミノ部って、二反田《にたんだ》しかいねーの？」

「あ、うん。安楽寝《あらくね》さん、ドミノに興味あるの？」

「あるわけねー。でも……入部は考えてる」

「だよね、ごめん…………は？」

さすがに驚《おどろ》いて、二の句が継《つ》げない。

「二反田《にたんだ》は、ダチいないだろ。あの安いヘッドホンのスポンジみたいな頭のやつしか」

「八木だね。あの頭を素材でたとえた人は初めて見たよ」

「だから、その、ダチ……欲しくないか」

安楽寝《あらくね》さんはそっぽを向き、三箇所《かしょ》にピアスがついた左耳を見せた。

「えっと……八木以外だと、町野さんにも仲よくしてもらってるけど」

「あ？　ハッタリこいてんじゃねーよ。町野としゃべってるのなんて、見たことねーぞ」

教室では話さないけれど、ということを説明したものかどうか。

「そういえば、安楽寝《あらくね》さんはいつもひとりだね。友だちが欲《ほ》しいの？」

「ぼぼぼ、ぼっちじゃねーし！　友だちいるし！　アホメガネとかわりと仲いい……いや仲よくねーし！　『ひと目ぼれ』とか言われて、つきまとわれて困ってるし！」

その「アホメガネ」は、みんながリョーマと呼ぶ坂本くんのことだろう。坂本くんはいかにもインテリっぽい見た目ながら、学年最下位の成績を誇《ほこ》っている。

「坂本くんが言ってたっけ。安楽寝《あらくね》さんはヤンキーなのに成績クラストップだって」

ゆえに勉強を教わりたい、というのを口実にして、坂本くんはいつも安楽寝《あらくね》さんを追い回しているという。

「誰《だれ》がヤンキーだ！　あーしはファッションヤンキーだ！　……あっ」

この、いっぱいいっぱいの感じ。

空間にはガンを飛ばすのに、僕とはあわない目線。

ストーカー気味な坂本くんを、友人にカウントしてしまう切なさ——。

「ごめん、安楽寝《あらくね》さん。よく聞こえなかったよ」

安楽寝《あらくね》さんに自分と同じ「コミュ力を持たざる者」の気配を感じた僕は、プライドを傷つけないように配慮《はいりよ》しておいた。

「昔のラノベ主人公みたいにすっとぼけてくれた……二反田《にたんだ》、いいやつかも……」

「チョロい心の声出てる！　聞こえないふりしたんだから、ちゃんとイキって！」

「お、おう。さっきの話が本当なら、二反田《にたんだ》はどうやって町野と仲よくなったんだ？」

四月の自己紹介《しょうかい》ですべって……という、おなじみのくだりから説明する。

「──それで部活が始まる前に、ちょっと話すようになったんだ。町野さんは誰《だれ》とでも友だちになれるタイプだから、安楽寝《あらくね》さんとも無料で仲よくしてくれるよ」

友だち料はかからないと伝えたのに、安楽寝《あらくね》さんは浮《う》かない顔だ。

「……二反田《にたんだ》は同族っぽいから、もう気づいてるだろ？　あーしは中坊《ちゅうぼう》のときは真面目キャラで、勉強はできたけどダチがいなかった。それで高校デビューに懸けたんだ」

「なんでヤンキーキャラをチョイスしちゃったの……」

「大事なのは、デビュー一発目のつかみ。あーしは二反田《にたんだ》が自己紹介《しょうかい》ですべったとき、間髪《かんはつ》をいれず『寒っ』ってかました……誰《だれ》も笑わなかった」

「……安楽寝《あらくね》さんだったんだ。というか、予想外二次被害《ひがい》」

僕のせいではないけれど、ちょっと申し訳ない気がしてしまう。

「そんかわり、あーしのキャラはクラスに浸透《しんとう》した。ヤンキーに憧《あこが》れてたから、それはうれしい。ただ見た目と口調と名前で怖《こわ》がられて、ぜんぜんダチ公ができねぇ……」

「選択肢《せんたくし》、ぜんぶ間違《まちが》えてるからね」

「部活も入ったけどだめだった。もうこんな場末の文化部しか残ってないんだ……」

「だったらそれこそ、町野さんと友だちになればいいよ。見た目がヤンキーで中身がチョロいなんて、町野さん絶対に大好物だよ」

「町野は……あーしみたいなヤンキーとはあわねーよ。あいつは運動部だし、メイド事変とか起こすし。クラスでも中心にいる、真っ当な青春を送ってるやつだろ？」

「そのルサンチマン的な考えかた、わかりすぎてつらい……」

「あーしは二反田《にたんだ》くらいの陰《いん》キャで十分なんだ。机に突《つ》っ伏して寝《ね》たフリはしないけど、自分の机に座《すわ》ってるギャルには注意できない。そういうやつとサイゼに行って、実のない話を永遠《えいえん》として。その日は一応なんかあったっていう、青春というのもおこがましい、ソシャゲのデイリーを一日飛ばした程度の空白が欲《ほ》しいんだよ。でもそれすらも努力しないと手に入らないって、やっとわかった。あーしはこのまま卒業したら、ふっと高校時代を思い出して、『あいついま頃《ごろ》どうしてるかな』って、誰《だれ》かの顔を思《おも》い浮《う》かべることもできねー」

その話の内容も、成績優秀《ゆうしゅう》であってもヤンキーは「延々《えんえん》と」なんて言わないという言葉使いの徹底《てってい》ぶりも、僕に涙《なみだ》を誘《さそ》わせた。

「やっぱり安楽寝《あらくね》さんに必要なのは、町野さんだよ。面白《おもしろ》さがすべての人だし」

「なおのこと無理じゃねーか。二反田《にたんだ》が町野と仲よくなったきっかけの話だと、『寒っ』って言ったあーしを、町野は『おもんないやつ』って切り捨てたってことだろ」

「大丈夫《だいじょうぶ》。安楽寝《あらくね》さんは、ちょっとどうかと思うくらい面白《おもしろ》いよ」

僕がぐっと親指を立てると、安楽寝《あらくね》さんの頰《ほお》が見る間に赤くなる。

「そんなこと、初めて言われた……二反田《にたんだ》、いいやつかも……」

「また心の声出てる！　一部界隈《かいわい》で、『チョロくねさん』って呼ばれちゃうよ！」

「くっ……じゃあ具体的にどうすれば、町野と、なっ、仲よくなれる？」

あわよくば雪出とも……と、黒マスク越《ご》しに小声が聞こえてくる。

「そうだね……たぶんもうすぐ町野さんがここへきて、『わたしが遅《おく》れると、二反田《にたんだ》はすぐに女の子を連れこむね』、的ないじりかたをしてくるから」

「お、おう」

「安楽寝《あらくね》さんは『ちげーし！』的な感じで返して、あとはなりゆきで会話になるよ。でも雪出さんと友だちになるのは……内気な人だし難しいかも。微妙《びみょう》に金髪《きんぱつ》もかぶってるし」

「そ、そうだよな。わかった。なんか二反田《にたんだ》、あーしが思ってたやつと違《ちが》うな」

「僕をどんな人間だと思ってたの」

「ファミレスで配膳《はいぜん》してるロボット」

「よくそんなやつと友だちになろうとしたね！」

なんて勢いよくツッコんだところで、部室の引き戸が開いた。

現れたのは、スポーツバッグを斜《なな》めがけにしたポニーテールの女子生徒。

夏休みの間はずっと水着だったから、町野さんの制服姿が新鮮《しんせん》に感じる。

「イオちゃん、リョーマから二反田《にたんだ》に乗《の》り換《か》えた？」

半目で僕と安楽寝《あらくね》さんを交互《こうご》に見て、町野さんが言う。

「ちげーし！　乗《の》り換《か》えてねーし！　……あれ？」

コミュ力がポンコツな安楽寝《あらくね》さんは、アドリブなんてできないのだった。

「そっか。さっきそこにリョーマいたから、呼んできてあげるね」

町野さんがにっこり笑い、部室を出ていく。

「ていうか町野が、『イオ』って名前を知ってた……うれしい……」

「チョロ……安楽寝《あらくね》さん、坂本くんにつきまとわれて困ってるんじゃないの？」

「そ、そうだ。今日は帰るわ。二反田《にたんだ》、ありがとな。今度イオンでおごってやる！」

安楽寝《あらくね》さんが足早に出ていくと、入《い》れ替《か》わりに町野さんが顔を見せた。

「二反田《にたんだ》とイオちゃんの話さー、実はこっそり聞いてたんだよね」

「そんな気がしてたよ。じゃあ坂本くんもいないの？」

「……もう部活の時間だから、また今度ね」

町野さんは「ω」の口ではなく、クラスで見せるような普通《ふつう》の笑顔《えがお》で去っていった。

「今日の町野さん、なんか変だったな……」


その理由が判明するのは、二日後の「夜」のことだった。

#SIDE　雪出紅　～八木サンスレイヤー～

「オハヨー、ゴザイムァース」

日本生まれの日本育ちで、外国人要素は本当に顔だけのワタシ。

それでも世間はワタシに外国語訛《なま》りの日本語を期待するので、教室に入って最初にするのはこんな風に誇張《こちょう》した外国人タレント風の挨拶《あいさつ》デス。

この習慣のおかげで、一部の語尾《ごび》が外国人風の発音のまま定着しマシタ。

いや「マシタ」て、と自分でも思いマス。

でも持ちネタがあるのはイイことデス。ワタシ、見た目以外のキャラ弱いノデ。

「ちゃんベニ、おはー。てか見て。八木の頭、ウケんだけど！」

クラスメイトに言われて八木サンを見ると、いつものヘアスタイルのまま髪《かみ》色だけが変わっていマシタ。ほんのりと、コゲ茶色デス。

「自分から松ぼっくりに寄せるとか、八木ちゃん欲しがりすぎ！」

スズリが大きな声で言うと、クラスがどっと笑いに包まれマシタ。

ワタシは瞬《しゅん》時《じ》に八木サンの表情を確認《かくにん》し、まんざらでもなさそうだったので、「これは笑っていいヤツ」と、安心してくすくす笑いマス。

八木サンはああ見えて、けっこうナルシストなのデス。

それでいて人を笑わせたいという、ちょっと面倒《めんどう》な、ワタシの好きな人デス。


お昼休みになりマシタ。

ワタシと八木サンは放送部なので、放送室で一緒《いっしょ》にランチを食べることが多いデス。

「八木サンの新しい髪《かみ》色、似あってマスネ」

「マジで？　うれしいわー。七色のグラデーションと迷ったんだ」

そういうの、スズリや二《に》反田《たんだ》サンなら上手にツッコめるのデショウ。

でもワタシは無理……いえ、二学期は挑戦《ちょうせん》デス！

「げ、ゲーミング松ぼっくりカイ……」

悪くないと思ったのですが、声が小さくて八木さんには聞こえなかったようデス。

「ちな俺も、雪出さんの変化に気づいてるぜ！」

コーラスウォーターの1リットルパックにめちゃめちゃに長いストローを差したものを飲みながら、八木サンがぐっとサムズアップしマシタ。

「うう……恥《は》ずかしいデス。やっぱり……戻《もど》したほうがいいデス？」

実は二学期からは積極的になろうと、スカートを一回折って短くしていたのデシタ。

「むちゃくちゃかわいいから続行で！　ますます人気者になれるぜ！」

できることなら、「八木サン以外に好かれても意味ないデス！」と叫《さけ》びたいデス。

でもそれを言ったら、以前のように距離《きょり》を取られてしまいソウ。

ここは、表情で勝負デス。

「うおおお！　雪出さんが目線くれた！」

見てマス。伝わってクダサイ。

「見てる！　雪出さんが俺を見てる！　うおおお、いまがチャンス！」

ナンデスカその、両手のうちわ。「Wピースして！」……？　まあしますケド。

「ファンサきた！　神対応！　うおおおお!!」

八木サンは、いつもこうデス。

花火大会以降は普通に話すようになりましたし、好意も存分に感じマス。

でもコミュニケーションが、健全なのに不健全というか……ムゥ。

「なんで八木サンは、ワタシをアイドルみたいに扱《あつか》うんデスカ！」

たまには怒《おこ》ってみようという、これも新たな試みデス。

「俺だけじゃない。雪出さんはみんなのアイドルだ。ふくれっ面《つら》かわよ」

「ワタシはただの一般《いっぱん》JKデス！」

「この世で一番苦しいのは、『好きなものがなにもない』ことなんだ」

八木サンが、ふっと遠くを見マシタ。

「ワタシは……す、好きな人いますケド」

「学校に行きたくない。でも登校すれば、かわいい雪出さんに会える。毎日そう考えて、どうにか学校にきてるやつらがいる。中学時代の俺もそうさ。おかげでいまは、たくさんの好きなものが見つかった。だから雪出さんは、俺の、俺たちの、アイドルなんだ！」

「八木サン……」

それはワタシのあずかり知らぬところの話――とは言えない空気だったので、感動している演技をしつつ、心の中で肩《かた》を落としマス。

……いったいどうすれば、八木サンを倒《たお》せるのデショウ。

過去には胃袋《いぶくろ》をつかもうともしましたが、八木サンが子ども舌すぎてダメデシタ。

スキンシップやお色気作戦は、恥《は》ずかしすぎてワタシが無理デス。

「ところで雪出さん。例のラジオの件、考えてくれたかな」

放送部の一年生で、ラジオ配信をするという案が出ていマシタ。

八木サンはワタシにもパーソナリティを担当してほしいみたいですが……ハッ！

名案が浮《う》かびマシタ！

「引き受けてもいいデスヨ。ただし、条件がアリマス」

こうなったら、外堀《そとぼり》から埋《う》めてやるデス！

＃20　寝落《ねお》ちもちもち町野さん

一般《いっぱん》的な男子高校生はあまり持たないものが、僕の部屋にはいくつかある。

まずはドミノ関連。学校にも置いてあるけれど、自分の部屋にも衣装《いしょう》ケースに入れて保管してあった。牌《はい》はもちろん、ストッパーがけっこうかさばる。

次にノートパソコンとアクションカメラ。学校で撮影《さつえい》して、家で動画を編集するスタイルでやっている。ノーパソは父のお下がり。

最後がぬいぐるみ。うちはマンションで動物が飼えないから、代わりにひとつ買ったらどんどん増えた。ベッドの枕元《まくらもと》には、ダックスとゼニガメとホオジロザメがいる。

『え、見たい。画像送ってよ』

イヤホンから聞こえる町野さんの声は、テンションのわりには静かだ。

ここ二日ほどは避難《ひなん》訓練だったり、安楽寝《あらくね》さんに遠方のイオンにつきあわされたりで、町野さんと話せていなかった。『明日は学校で話せるね』なんて夜にＬＩＮＥをしていると、

『文字通りの意味で月がきれいだから、寝落《ねお》ちもちもちしようよ』

なんて深い意味がないことを明言しつつ、通話に誘《さそ》われたのだった。

「画像はいやです。部屋を見せるのは恥《は》ずかしいもの」

　僕はベッドの縁《ふち》に腰掛《こしか》けて、ぬいぐるみを振《ふ》り返《かえ》りながら答える。

『おーねーがーいー。わたしも、なんか撮《と》って送るから』

「天井《てんじょう》とか送ってきそう……まあいいか……はい。いま撮影《さつえい》して送ったよ」

『……SNS慣れしてないのが丸わかりな、写真の下手さだね』

「おっと、予想以上に傷ついたぞ」

『男の子の部屋って、パンチングボードに工具かヘッドホンを吊《つる》してると思ってた』

「『男子あるある』がない部屋ですいません」

『でも、ぬいぐるみはかわいいよ。手触《てざわ》りよさそう』

「この間の恐竜《きょうりゅう》展で、ステゴサウルスのぬいぐるみ買わなかったのを後悔《こうかい》してるよ」

『あれかわいいけど、高かったもんね。こっちも送ったよー』

　僕はベッドの上で居住まいを正し、神妙《しんみょう》に画像を確認《かくにん》した。

「……まさかの自撮《じど》り」

　もこもこのルームウェアを着た町野さんが、姿見にスマホを構えて映っている。

『だって部屋は恥《は》ずかしいし。だぼ袖《そで》ピース、かわいいでしょ？』

「……あ。鏡にローテーブルとメイク道具が映ってるね。なるほど。リップはMACと」

『二反田《にたんだ》、たまにぞっとするくらいキモいよね……』

「すみません。面白《おもしろ》いと思って言ってしまいました。以後気をつけます」

『謝《あやま》れてえらい。わたし学校行くときは、ほぼすっぴんだけどね』

「泳ぐ人は、そうなっちゃう？」

『泳がなくてもかなー。恐竜《きょうりゅう》展のときも、ファンデと眉毛《まゆげ》とリップだけ』

「そうそう。そうだったね。だからリップに目がいったんだよ」

『あの日リップしてないよ。これだから文化部男子は』

町野さんの声がいつもよりも耳に近く、顔も見えないから情報量が少ない。そのせいか普段《ふだん》と違《ちが》うボケもツッコミもない会話でも、だらだらと続けられる。

「たしかに文化部男子でも気づけるのは、安楽寝《あらくね》さんの髪《かみ》色くらいかも」

今朝学校に行くと、安楽寝《あらくね》さんの髪《かみ》が海賊《かいぞく》みたいなビビッドレッドになっていた。

『なんかねー、ベニちゃんとの金色かぶりが気になったんだって』

安楽寝《あらくね》さんがドミノ部を訪問した日から、二日ほどたっている。その間にクラスでは町野さんが安楽寝《あらくね》さんに話しかける姿が見られ、チョロくねさんはチョロチョロしていた。

「そこまでして、雪出さんと友だちになりたかったんだ……」

『ベニちゃんそういうの気づくタイプだから、ちょっと仲よくなってたよ。イオちゃん本人もヤンキー感が増したって、赤髪《あかがみ》を気に入ってるみたい』

僕のせいなら申し訳ないと思ったけれど、本人が喜んでいるならよかった。

「たしかにますます、近づきがたいビジュアルになったね」

『イオちゃん、男の人が苦手なんだよね。あの赤髪《あかがみ》も黒いネイルも、半分は威嚇《いかく》みたい』

「……腑《ふ》に落ちたよ。安楽寝《あらくね》さんが、ロボットと友だちになろうとした理由に」

僕が男らしくないと警戒《けいかい》を解かれたなら、それを誇《ほこ》るべき時代ではあるけれど。

『あの日わたしが部室に行かなかったら、イオちゃんドミノ部に入ってたよね』

これが今日の本題かなと、僕はベッドに寝転《ねころ》がった。

「一応入ったんだよ。文化祭の時だけ手伝ってくれる、幽霊《ゆうれい》部員の扱《あつか》いで」

『籍《せき》の問題じゃなくて、二反田《にたんだ》と毎日活動してたかもってこと』

「どうかな。安楽寝《あらくね》さんは、ドミノに興味ないみたいだったけど」

『……』

「町野さん、起きてる？」

『……反省中。わたし、やきもち焼いちゃったなって』

「誰《だれ》に？」

『イオちゃんにだよ。わたしの居場所を取られちゃうーって。それであんな風に、追いだすみたいにしちゃったのかも』

「安楽寝《あらくね》さんがドミノ部に入ったら、三人で話すだけじゃないかな」

『……二反田《にたんだ》は、そう思ったんだ』

「すみません。今日はプレミが多い日みたいです」

『つまり？』

「やっぱり考えたよ。町野さんとの時間がなくなるかもって」

『じゃあわたしと一緒《いっしょ》だ。これって空間に対する同担拒否《どうたんきょひ》？　教えて、言語化の達人』

「なんでもかんでも、言葉にしなくていいんじゃないかな」

『逃《に》げた』

「感情は共有できたよ。幼稚園《ようちえん》に置いてある、自分しか使わないおもちゃみたいな」

『おもちゃかー……そっか。そうだね』

なんとなく、「ω」の口が見えたような気がする。

「町野さんは、眠《ねむ》くないの？」

『ぼちぼちかな。二反田《にたんだ》は？』

「僕もぼちぼち。フードコートで炭水化物をいっぱい食べたから」

『いいなー、イオちゃんとイオンデート』

「スポーツに打ちこむのがSランクの青春で、僕たちは一生底辺にいると思ってたけど、町野さんにキャリーされてCからBにランクアップして、いまは一般《いっぱん》高校生みたいにフードコートでだべっているって、感動……ふぁ……してたよ」

かみ殺し切れず、あくびがちょっと出てしまう。

『初めて使う言葉だけど、益体《やくたい》もない話だね。二反田《にたんだ》、そろそろ寝《ね》る？』

「まだ平気。町野さん、電話だとちょっと声が違《ちが》うね」

『え。お母さんみたいに、1オクターブ高くなってる？』

「逆だよ。ローテンションで落ち着いてる」

『じゃあ普段《ふだん》といま、どっちのわたしが好き？』

「……すー」

『もちもーち。答えにくい質問に寝《ね》たふりしてる？』

「すみません。よくわかりません」

『びっくりした。Ｓｉｒｉ起動したのかと思った』

「似てたかな。じゃあショートの読み上げ音声もいけるかも。ＷＷＷＷ《わらわらわらわら》」

『わたしからネタ振《ふ》ったけど、ＡＩっぽいの怖《こわ》い……』

僕に感情が薄《うす》いせいか、町野さんはロボとかホヤとかを苦手にしている。

「ごめん。町野さんは、僕の自我《じが》を気に入ってくれてるんだね」

『それ肯定《こうてい》したら、ほぼ告白だよ。気に入ってる』

「……いま告白した？」

『ガワが好きとは言ってない』

「今日からＶｔｕｂｅｒになるよ」

『そうなったら一生推《お》すかも』

「喜ぶべきか泣くべきか」

　ほとんど頭を使わず口先だけでしゃべっているから、明日になったら赤くなりそうなことを言っている気がする。寝落《ねお》ちもちもち、恐《おそ》るべし。

『ふわぁ……そろそろわたしも、眠《ねむ》くなってきたかも』

「じゃあ切ろうか。また明日学校で」

『やだよぉ。どっちかが寝落《ねお》ちするまで、続けようよぉ』

「すごいむにゃむにゃ声」

『こんな甘えた……聞けるの……二反田《にたんだ》……だけ……すー』

「町野さん、寝《ね》た？」

『……起きてる……たまには……わた……興味……て……すー……すー』

「だぼ袖《そで》ピース、かわいかったです」

『……すー』

　決死の告白をしたのに起きなかったのだから、本当に眠《ねむ》ったようだ。

　僕はしばらく中秋の名月を眺《なが》め、寝息《ねいき》におやすみを言って通話を切った。

＃21　友だちのライン越えちゃった町野さん

夜には秋の虫が鳴くけれど、昼間はまだまだ暑い九月。

僕は部室の床《ゆか》にドミノを並べながら、ふと気づいた。

「そういえば、月見バーガーの季節だ」

なんだかんだで、この時期になるといつも食べている。だいたいは親が買ってきたのをもらうのだけれど、中学時代は一度だけ友人におごってもらった。

「誰《だれ》かを誘《さそ》ってみようかな」

候補としては八木と、最近はクラスで一緒《いっしょ》にいることが多い坂本くん。

誘《さそ》ったら喜んでくれそうなのは安楽寝《あらくね》さんで、誘《さそ》わないと荒《あら》ぶりそうなのが——。

計ったようなタイミングで、部室の引き戸が開いた。

「いわゆる『横浜《よこはま》』じゃない横浜市《よこはまし》住みの人が、『出身は横浜《よこはま》です……』って言うときの謎《なぞ》の罪悪感、友だちが紹介《しょうかい》してくれたバイトを初日で飛ぶのと同じくらいだって」

現れたのは、珍《めずら》しくリュックを背負ったポニーテールの女子生徒。

今日も笑顔《えがお》がまぶしいけれど、その目の奥にいたずら心が見《み》え隠《かく》れしている。

「いらっしゃい、町野さん。バイトを飛んだことはないけど、気持ちはわかるよ」

僕たちの学校や居住地が、まさにその「横浜市《よこはまし》の果て」だから。

県外の人に横浜《よこはま》出身ですと伝えると、おしゃれタウンの住人を見る目を向けられて困る。

「つまり、二反田《にたんだ》にも罪悪感はあると」

「……町野さん。遠回しな言いかただけど、やっぱり気づいてたんだね」

「え、なんのこと？」

きょとんとした町野さんを見て、僕は墓穴《ぼけつ》を掘《ほ》ったことに気づく。

「な、なんでもないよ。それより町野さん。部活が終わったら僕と――」

「それでは二反田《にたんだ》の罪の告白まで、さんさん、にいにい、いちいち――」

「陽《よう》キャの人が、ポップに圧をかけるときのやつ……！」

これをやられると、陰《いん》キャは死ぬ。

「キュー！」

「……あれは、先週の土曜日のことでした」

「土曜？　わたし、なにしてたかな。お父さんと狩《か》りゲー？」

「僕は町野さんが出場した、高等学校水泳新人競技会を観覧しました」

「ヴォァァァアッ⁉」

町野さんが顔を赤くして、古竜《こりゅう》みたいな咆吼《ほうこう》を放つ。

「僕が想像していた以上に、アスリートの世界でした」

水泳場には広大なプールが二面あり、レーンの数は十以上あった。飛びこみ台にはその倍の審判《しんぱん》が並んでいて、大きなビジョンに選手の名前と所属校が表示されていた。

そんな大舞台《おおぶたい》で、町野さんは堂々と胸を張っていた。夏休みとは違《ちが》うスパッツタイプの競泳水着で、ゴーグルをしていても真剣《しんけん》な目つきがわかった。

二百メートルの自由形。最初は横並びだった。

けれど二回目のターンで、トップと体ひとつ分の差がついた。

僕は拳《こぶし》を握《にぎ》って応援《おうえん》したけれど、町野さんは三位でレースを終えた。

「あのふがいない成績を、見られちゃったかー」

町野さんは眉《まゆ》どころか、目まで八の字になっている。

「ふがいなくなんてないよ。立派で、誇《ほこ》らしかったです」

「ありがと。でもなんで、急に見にきてくれたの」

「この前の寝落《ねお》ち通話で、『たまにはわたしにも興味持て』って言われたから」

「わたし、そんな恥《は》ずかしいこと言った……？」

今度は顔を赤くして、目を渦巻きにして回す町野さん。

「そう言うと思ったから、お忍《しの》びにしたんだ。集中力を乱したくなかったし」

「わたしはむしろ、応援《おうえん》されたら実力以上にがんばれるタイプだよ」

「終わってからその可能性に気づいたから、罪悪感が芽生えたんだ」

悔《くや》しそうな町野さんを見て、僕も悔《くや》しかった。応援《おうえん》していると伝えなかったことで、町野さんの努力を無駄《むだ》にしたような気分だった。

「じゃ、次はちゃんと教えてね。負けたら二反田《にたんだ》のせいにできるし」

「にわか乙《おつ》。町野さんは勝ったときだけ、『応援《おうえん》のおかげ』って言うんだよ」

町野さんは負けたことを気にしていないどころか、試合のあった日も忘れていた。

得意分野でのメンタルコントロールは、しっかりとできている。

「本人に古参マウントとか……」

町野さんがまた赤くなり、口を「3」の形にした。

「なんで不満顔なの」

「だって今日は、二反田《にたんだ》の誕生日でしょ」

町野さんがリュックの中から、ラッピングされた袋《ふくろ》を取りだした。

「……誰《だれ》にも言ったことないのに、どうして僕の誕生日を知ってるの」

「誕生日マニアの先生に聞いた」

「たしかにそんな先生いるけど。でも簡単に、個人情報を話しちゃうもの？」

「テンポよく雑談しながら聞いたら、鼻からうどん出すみたいにとぅるんって」

「先生が勢いで答えちゃって、『しまった』って思ってる感がよく伝わるよ……」

「とりあえず、ハピバ。開けていいよ」

袋《ふくろ》のリボンをほどくと、中からぬいぐるみが出てくる。

「ステゴサウルス……！　町野さん、恐竜《きょうりゅう》展まで行って買ってきたの？」

「行ってないよ。ネットで普通《ふつう》に売ってるの見つけて、ぽちっとしただけ」

「でも高いものだよ」

「それが五十パーオフでさー。だから最初に罪悪感の話をしたんだよ。二反田《にたんだ》がわたしに用意してくれたドミノ動画と違《ちが》って、お手軽でしのびないなーって」

「ドミノはありものを使っただけだし、町野さんの誕生日はとっくにすぎてた。罪悪感を覚えるとしたら、どう考えても僕だよ」

「二反田《にたんだ》が誰《だれ》にも誕生日を教えないのって、負担をかけたくないからでしょ。祝わなきゃーとか、忘れちゃったーって、人に思わせるのが申し訳ないから」

「そこまで気づかいしないよ」

「にわか乙《おつ》。二反田《にたんだ》はレジに店員さんがいなくても、呼ばずに待つド陰《いん》キャだから」

「……鋭《するど》いね。僕への理解力も、ワードも」

「そういうの、今日はなしね。ほら、動画撮《と》ろ。お誕生日ボーイっぽいの」

町野さんが、僕にスマホを向けてくる。

「えっと……い、イェーイ。町野さん、誕生日プレゼントありがとうございました。両親以外からもらったの、生まれて初めてです」

「見返したとき泣いちゃうからやめて。もっとお気楽に」

「じゃあ……町野さん。今日の部活が終わったら、一緒《いっしょ》に月見バーガーを食べてください」

「ぜんぜんいいけど、なんで月見バーガー？」

「中学時代に友人とマックに行った際、今日が誕生日だって言ったら月見バーガーをおごってもらえて。それが僕にとって、一番いい誕生日の思い出だから」

町野さんが、鼻をすすってまぶたを押さえた。

「今日はわたしだけだけど、来年はみんなでお誕生会しようね……！」

かくして僕は、町野さんとマックにやってきた。

「泳いでるわたしって、二反田《にたんだ》から見るとどんな感じ？」

町野さんは両手でバーガーを持って食べている。小指だけ浮《う》いているのが面白《おもしろ》い。

「野生の動物っていうか、生きるために泳いでるって感じでした」

「そこまで必死じゃないよ。スポ薦《せん》ももらわなかったし」

「水泳は高校まで？」

「たぶん。でもだからこそ、部活の間はベストを尽《つ》くしたいかな」

「その答えかた、すごく町野さんっぽい。地に足が着いたリアリストでありながら、その範囲《はんい》で誰《だれ》よりも努力するアスリート」

最初の頃《ころ》は陽《よう》キャバイアスで、自分とは別世界の人だと思っていた。

でもいまは町野さんを、同じ世界で遮二無二《しゃにむに》がんばっている普通《ふつう》の人だと感じる。

「ねえ、二反田《にたんだ》。わたしたち、友だちのライン越えちゃった気がするね」

「えっ」

「わたしと二反田《にたんだ》が、仮につきあっていたとして」

「えっ」

「ケンカしても、『おまえに俺のなにがわかるんだよ！』って言えないかも」

そのくらい、お互《たが》いの理解が深まっていると言いたいのだろうけれど——。

「なんで僕が彼女側なの！」

「二反田《にたんだ》のほうが、彼女っぽいから？」

「情報量が一個も増えてない！」

町野さんが機嫌《きげん》よさそうに、口を「ω」の形にした。

「来年も月見バーガー一緒《いっしょ》に食べようぜ、ニタ子」

たしかに町野さんのほうが、彼氏《かれし》っぽい気がしないでもない。

#22 いなくならない町野さん

少し冷たくなった風に、寒がりの身がすくむ十月。

「おかしくないか、二反田《にたんだ》くん。なんでぼくたちは、テントに入れないんだ」

体育祭が開催《かいさい》中の校庭の隅《すみ》、フェンスに背中を預けた僕の隣《となり》でメガネの少年が言った。

彼は坂本くん。二学期から仲よくなった友人で調理部の所属。

みんなは「リョーマ」と呼ぶけれど、僕だけは普通《ふつう》に苗字《みようじ》で呼んでいた。

どうやらそれがうれしいようで、僕のことも「くん」づけで呼んでくれる。

「タープテントは、日焼けしたくない女子が優先らしいよ」

「そんなの男女差別だろう。ぼくはなんかこう、均等なアレを要求する」

坂本くんはメガネをくいっとしながら、ふわっとした言葉を放った。

見た目は知性的だけれど、しゃべると親近感が湧《わ》くのが坂本くんのいいところ。

「まあまあ。ここは木陰《こかげ》だし、静かでいいじゃない」

「静かと言えば、八木元気《げんき》がいないようだが」

「放送部だから、本部テントでお手伝いだって」

「ならばちょうどいい。二反田《にたんだ》くんは、町野硯《すずり》と浮気《うわき》しているのか？」

聞いた瞬間《しゅんかん》、鼻水が噴《ふ》き出《で》た。

「二反田《にたんだ》くん、お鼻チーンするといい。教室では町野硯《すずり》と話さないが、部室ではいちゃいちゃしていると安楽寝伊緒《あらくねいお》から聞いたんだ」

「してないから！　部活の前に、ちょっと雑談してるだけだよ」

安楽寝《あらくね》さんには、あとで釘《くぎ》を刺《さ》しておこう。場合によっては物理的に。

「だったらなぜ、教室で話さない。密室での逢瀬《おうせ》を好むなんて、浮気《うわき》のそれじゃないか」

「アホ論理なりに筋が通ってるけど、そもそも僕は誰《だれ》ともつきあってないよ」

「じゃあ安楽寝伊緒《あらくねいお》も遊びなのか？」

僕は頭を抱《かか》える。これたぶん、安楽寝《あらくね》さんも悪くないやつだ。

「安楽寝《あらくね》さんはルサンチマンソウルメイト……仲のいい友だちだよ」

「だが安楽寝伊緒《あらくねいお》は男ぎらいだ。ぼくはいつも避《さ》けられまくっている」

坂本くんが、校庭に指をさす。

一年女子の創作ダンスが始まるようで、女子が列になって入場していた。

「安楽寝《あらくね》さん、目立ってるね。赤い髪《かみ》と、体育祭なのに黒マスクで」

それが自分を守る鎧《よろい》であることは、あまりみんなに知られていない。

「あいつはいつもああやって、周囲の男にメンチを切りまくっている。追《お》い詰《つ》められた小動物のようで、ぼくはキャベツを差《さ》し伸《の》べたくなるんだ」

「メンチとかキャベツとか、頭の中に定食が割りこんでくる」

やはりアホ理論ではあるけれど、坂本くんは本質を見抜《みぬ》いているようで侮《あなど》れない。

「なにやら放送がうるさいな。ああ……雪出紅がいるからか」

マイクを通じた八木の大きな声が、「言いたいことがあるんだよ！　やっぱり雪出さんかわいいよ！」と、ガチ恋口上《こいこうじよう》を叫《さけ》んでいる。

「盛り上がってるけど、雪出さんがますます小さくなってる……」

白目をむいて、真っ赤になって、あんぐりと口を開けたまま縮んでいく雪出さん。

その様子がまたかわいらしく、会場のコールが過熱していく。

「おお、二反田《にたんだ》くん。町野硯《すずり》だ。制服だとわからないが、こうして見ると――むねっ」

「どうしたの、坂本くん」

「何者かが、ぼくの鼻にドミノをねじこんだ」

「ええっ！　幅《はば》2.5センチ、厚さ1センチのドミノ牌《はい》を？　ひどい輩《やから》がいるものだね」

「ところで二反田《にたんだ》くんは、町野硯《すずり》に告白しないのか？」

「し、しないよ。なんでそんな……」

「告白はいいぞ。ぼくは毎日、安楽寝伊緒《あらくねいお》にしている。かわいい、好きだ、つきあってくれと伝えると、彼女は顔を真っ赤にして、キモい、死ね、アホメガネとささやいてくれる」

「メンタルが無敵なのか、ド変態なのか……」

「ぼくは脈があると感じている。二反田《にたんだ》くんは、どう思う」

安楽寝《あらくね》さんは、自分に自信がないからファッションヤンキーになった元陰《いん》キャだ。「かわいい」と言われれば、内心ではチョロチョロと喜んでいると思う。

加えて自信がある勉強面でも坂本くんに頼《たよ》られて、悪い気はしていないはずだ。僕らは同じものの見かたをするソウルメイトだから、その辺りはなんとなくわかる。

「僕が言ったって、内緒《ないしょ》にしてもらえるかな」

「主義には反するが、それが二反田《にたんだ》くんの性癖《せいへき》なら」

「どういう思考回路なの……とりあえず、『好きだ』と『つきあって』は、いったん封印《ふういん》したほうがいいと思う。セオリー通りがいいんじゃないかな」

「あれは匂《にお》いがきついからな。ぼくは大好きだが」

「セロリじゃなくて、セオリーね。時間をかけて仲よくなって、坂本くんの気持ちを伝えるのはそれからってこと。あと本音が出たら聞き流してあげて」

安楽寝《あらくね》さんは自分が恋愛《れんあい》対象になるなんて思ってないから、坂本くんの言葉を心からは信じられないだろう。まずは信用される関係を築く必要があると思う。

「なるほど。二反田《にたんだ》くんは恋愛《れんあい》ソムリエだな。ぼくは野菜ソムリエの資格を持ってない」

「だろうね。僕は単純に安楽寝《あらくね》さんと同族ってだけだよ」

あと属性が渋滞《じゅうたい》してるから、「実家が野菜カフェ」キャラはいったん封《ふう》じてほしい。

「じゃあ二反田《にたんだ》くんも、実が熟すのを待っているわけか。町野硯《すずり》の」

「僕は……そういうんじゃないよ」

校庭で踊《おど》る町野さんに目を向ける。その姿はまぶしくて、金髪碧眼《きんぱつへきがん》の美少女より、悪目立ちする赤い髪《かみ》より、人々の注目を集めていた。

「二反田《にたんだ》くんは、星を見るような目で町野硯《すずり》を見るんだな」

「まあ町野さんは、スターだし」

そんな人が友人になってくれたのだから、これ以上に望むことなどない。八木が雪出さんに抱《いだ》く気持ちと同じで、アイドルとファンの関係が僕たちの最適解だ。

「二反田《にたんだ》くん。事なかれ主義者の死因は、みな後悔《こうかい》だぞ」

「わりと刺《さ》さる言葉なのに、相手のせいで受け入れがたい」

「夜空には、肉眼で見えない星もたくさんある。けれどその星屑《ほしくず》も、輝《かがや》いてはいるんだ。次はクラス対抗《たいこう》種目だろう。いまこそ、二反田《にたんだ》くんが輝《かがや》くときじゃないか？」

「『坂本くん……』って感化されたいところだけど、僕は騎馬戦《きばせん》の馬なんだ」

「だったら突《つ》っ走《ぱし》れ。ぼくはそうする」

坂本くんがメガネをスチャったところで、次の競技が始まるアナウンスが聞こえた。

「終わったね、僕たちの体育祭」

指定席たるフェンスにもたれ、残りの競技が行われている校庭をぼんやりと眺《なが》める。

僕も坂本くんもエントリー競技が終わったので、あとは閉会式を待つばかりだ。

「それにしても、二十回も転ぶとは思わなかったな。野菜を食べているのに」

坂本くんが、土で汚《よご》れたメガネをスチャる。

「ムカデ競走なのに、ひとりで突《つ》っ走《ぱし》るからだよ」

「二反田《にたんだ》くんは、どこにいるのかわからなかった」

「文化部は体育祭ではモブだからね。顔すら描《か》かれてなかったかも」

別に普段《ふだん》もくっきりはしてないけれど──なんて思っていたら、誰《だれ》か近づいてきた。

「二反田《にたんだ》、最近リョーマと仲いいね。なに話してたの？　恋《こい》バナ？」

ふいに現れたのは、黄色いハチマキをしたポニーテールの女子生徒。

八面六臂《はちめんろっぴ》の活躍《かつやく》だった町野さんは、僕と坂本くんを見てにやにやしている。

「その通り、恋《こい》バナナだ。ゆえに町野硯《すずり》。さよバナナだ」

坂本くんが高笑いして、悠然《ゆうぜん》と去っていった。

「相変わらず、リョーマはわけわかんないね。で、二反田《にたんだ》。恋《こい》バナって？」

「それはちょっと、言えないかな」

「男の友情ってやつ？」

「そうだね。みんな青春してると思う」

「いいなあ。わたしも青春したい」

「今日の町野さんは、青春王だと思うよ。ほら、みんなの輪に戻《もど》って」

タープテントで、女子たちが町野さんを呼んでいる。

「最近、歌詞とかドラマのセリフで、『いなくならないで』ってよく聞かない？」

「聞くね。意味がいろいろ取れて、エモい感じになるからかな」

「いまは二反田《にたんだ》を置いて戻《もど》るけど、わたしはいなくならないよ。じゃね」

町野さんは「ω」の口をしてから、走ってテントに戻《もど》っていった。

どういう意味かと考えていると、町野さんが振《ふ》り返《かえ》って叫《さけ》ぶ。

「二反田《にたんだ》が歯を食いしばってるの、初めて見た！　ナイス馬脚《ばきゃく》！」

肉眼では見えない星たちの、輝《かがや》きですらない鈍《にぶ》い発光。

それを見ていた人もいると知り、僕は気恥《きは》ずかしさとほのかな喜びを覚えた。

「ほめる文脈で『馬脚《ばきゃく》』を使う人、あんまりいないけどね……」


やがて体育祭が終わり、打ち上げも終わる。

帰宅した僕は眠《ねむ》る前に、町野さんにひとことだけＬＩＮＥを送った。

『僕も、ずっと部室にいます』

＃23　三年後には筋肉もてあます町野さん

春にはあれほど華《はな》やかな桜並木も、葉を赤くして落ち着く十月。

スポーツの秋たる体育祭を終えて、僕は部室の床《ゆか》にドミノを並べていた。

「『○○の秋』四天王最弱の、『芸術の秋』にすり寄れないかな」

食欲、スポーツ、読書の秋はメジャーでも、芸術の秋は前三者ほどにはなじみがない。

そもそも秋に芸術を推《お》す理由は、「展覧会が多いから」とのこと。ほか三者とはずれているけれど、その孤高《ここう》な感じはドミノと似ている。

「ドミノも一種の芸術だし、季節的にも適しているし……」

そんな感じで文化祭にはなにをしようかと考えていると、部室の引き戸が開いた。

「わたしパーソナリティやるから、二反田《にたんだ》は構成作家やって」

現れたのは、制服のスカートにジャージを羽織った町野さん。

今日も元気にちくわをくわえて、ポニーテールを揺《ゆ》らしている。

「いらっしゃい、町野さん。コントに入る流れ、一応やってもらっていい？」

「放送部の一年生が、ポッドキャストでラジオを始めたの知ってる？」

「あ、うん。八木から教わって、ダウンロードして聴《き》いたよ」

学校で起こった出来事を話すだけの、十分足らずの無料番組。パーソナリティは持ち回りであるらしく、八木や雪出さんもがんばっておしゃべりしていた。

「あれ、すっごい楽しそうじゃない？　形が残る青春っていうか」

「わかる。ラジオリスナーは、一回は自分で番組を作る妄想《もうそう》をするよね」

町野さんが口を「ω」の形にしたので、僕と同意見らしい。

「というわけで、始まりました。『運動部ＪＫの、三年後には筋肉もてあますラジオ』。パーソナリティの町野硯《すずり》です」

「番組名はともかく、いい滑《すべ》りだし」

「わたし十六歳なんですけど、この年頃《としごろ》の女の子って、まだギリ馬鹿なことをやっちゃうじゃないですか。授業中に鼻水が垂れてきたとき、どこまで我慢《がまん》できるかとか」

「そういえば、六時間目に先生がいきなり噴《ふ》きだしてたけど」

ちなみに町野さんの席は、教卓《きょうたく》の真ん前だ。

「それでこの間、夜中にトイレに行きたくなって。なんとなく、ノー電気チャレンジをしてみようかなって。部屋からトイレまで、真っ暗なまま歩く的な」

「冒頭《ぼうとう》のフリートークとして、ちょうどいい感じのネタ」

「大きな家じゃないし、壁《かべ》伝いに階段を下りるまでは楽勝で。それで一階に着いて廊下《ろうか》を歩いていたら……ふいに足の裏に、なにかが『ふわっ』て」

「猫踏《ねこふ》んじゃった的なエピソードなら、ほっこりできるけど……」

「猫《ねこ》はいつも、わたしの肩《かた》に乗ってるし」

「急な魔女《まじょ》っ子《こ》アピール」

「わたし気味が悪くて、ぺたぺた触《さわ》ってみたんだよ。闇《やみ》の中、ふわふわに。足の小指で」

「怖《こわ》い物知らずでもあらず」

「そのふわふわの大きさは、ちょうどセパタクローのボールくらいで」

「ちょうどピンとこないたとえ」

「でもあんまり足応《あしごた》えがないんだよね。ウニ形状のマリモの綿菓子《わたがし》みたいな感じで」

「ややこしすぎるけど、原宿で売ってそう」

「それでまあ、よくわかんないからトイレ行って寝《ね》たんだけど」

「復路は電気点《つ》けてほしかったな！」

「結局あれ、なんだったんだろうね？」

「こっちが聞きたいよ！」

「あ、リスナーからリアクションメールきてる。『ケセランパサランでは？』って」

「これ生放送だったの!?」

「ケセランパサランって、まっしろしろすけだよね？」

「ここへきて、今日イチわかりやすいたとえ」

「じゃあわたしは、妖怪《ようかい》を踏《ふ》んづけちゃったんだね。ところで話は変わるけど、最近お父さんが耳かきを買い集めて、巨大《きょだい》な梵天《ぼんてん》を作ってるんだけど」

「それパサランだよ！　お父さん奇行《きこう》が多い！」

「ふつおた読みまーす。ラジオネーム、『アレクサ、私を抱《だ》いて』さんから」

「ラジオネームで想像をかき立てると、内容が入ってこなくなるよ」

「『すずりん、こんばんは。あと向かいに座《すわ》っている、好きな異性のタイプを聞いたら「自分にないものを持っている人」とか、まるで自分がなにか持っているかのように言いそうな作家の人こんばんは』。こんばんはー」

「……こんばんは。これ、僕以外にもダメージ受ける人が多そうだけど」

「『味噌汁《みそしる》に入っていたら許せない文房具《ぶんぼうぐ》の一位はなんですか？』、だって」

「ぜんぶ許せないよ！」

「わたしはコンパスかなー。おなかの中でチクチクしそう」

「食べかたがクジラ目《もく》！」

「続いては名物コーナー、『二反田《にたんだ》を見たんだ』でーす」

「大丈夫《だいじょうぶ》かな。内輪ネタはリスナーを選ぶけど」

「最初の発見報告は、ラジオネーム『ローリングJK』さんから」

「魔法《まほう》学校の小説を書いたらコメ欄《らん》でたたかれた、って教室で転げ回ってそう」

「『先日、二反田《にたんだ》の家で二反田《にたんだ》を見たんだ！』」

「でしょうね！　というか誰《だれ》！」

「『二反田《にたんだ》は母親に「そこのごはん、ラップしといて」と頼《たの》まれて、凡庸《ぼんよう》なリリックでパンをディスったり、農家の人にマジ感謝したりして、家でもすべっていました』。あはは」

「このラジオ、ずっと僕をいじってるだけじゃない？」

「あ、待って。くしゃみ出そう」

「くしゃみ助かる、とか言うべきかな」

「おたよりはメールフォームから。ファンアートの投稿《とうこう》先は、ぴくしぶっ」

「おしらせくしゃみ助かる！」

「二通目の発見報告は、ラジオネーム『伊豆《いず》のロドリゴ』さんから」

「長いトンネル抜《ぬ》けてきたね。というかこのコーナーだけ、尺長くない？」

「『先日、二反田《にたんだ》の家に二反田《にたんだ》がいませんでした！』」

「発見されてないのに怖《こわ》い！」

「『二反田《にたんだ》の母親が、「今日は二反田《にたんだ》がいないからすき焼き」と言うと、父親が「なんで二反田《にたんだ》がいないとすき焼き？」と返し、私がひとこと「食べればわかるよ」』。あはは」

「ぜんぜん笑えないよ！　一から十まで怖《こわ》すぎる！」

「というわけで、そろそろお別れのお時間です」

「構成作家って、こんなに感情をぐちゃぐちゃにされるもの？」

「あ、忘れてた。お悩《なや》み相談のお便りがきてたから、最後にこれだけ読ませてね。ラジオネーム、『ＪＫに「最強」って言わせたい謎《なぞ》の勢力』さん」

「低予算の邦画《ほうが》とか、いまもそういう勢力いるけど」

「『すずりん、作家のおまえ、こんばんは』。こんばんはー」

「こんばんは！　短いのに、ちゃんとイラッとさせてくるね！」

「『私はＢ型、ひとりっこ、ＭＢＴＩ指揮官で、イエベ秋の骨格ストレートです。将来誰《だれ》にも愛される気がしないので、世界の滅《ほろ》ぼしかたを教えてください』、だって」

「こういうのは、知識がなくてなにも言えないなあ」

「誕生花ってな、五、六種類あんねん」

「控《ひか》えめなアンミカさんきた」

「これ、誰《だれ》かが勝手に決めてるからやねん。診断《しんだん》系ぜんぶそやねん。せやから気にせんでええねん。うちも骨格ストレートやけど、ばちこり足出すよ！　だってＪＫ最強だから！」

「伏線《ふくせん》も回収したし、けっこういい回答では」

「というわけでお相手は、町野硯《すずり》でした。それじゃあ、また来世！　バイバーイ」

「一生一回なの？　じゃあ……みんながんばって転生してね。さようならー」

町野さんが、よっとスマホの録音ボタンを停止した。

お互《たが》いにしばし見つめあい、おもむろに「しゃあ！」とハイタッチする。

「すっごい手応えあった！」

「うん。欲目抜《ぬ》きで、僕は毎回聴《き》くと思う」

「二反田《にたんだ》のＬＩＮＥがうれしかったから、いっぱいネタ仕こんできちゃった」

口を「ω」の形にして、町野さんは上機嫌《じょうきげん》だ。ＬＩＮＥは体育祭の夜に僕が送った、『ずっと部室にいます』のことだと思う。

「その音声データ、僕もほしいな」

「おっけ。そういえば昔の人って、こうやって思い出を残せないんだね」

「そのぶん、僕たちよりしゃべってたんじゃないかな。ＬＩＮＥもＤＭもないし」

「どっちの時代がよかったのかねえ」

「僕はカスタードだけより、生クリームも入ってるシュークリームが好きかな」

「そっか。前のがなくなったわけじゃなくて、いまは好きなほうを選べるもんね」

うんうんとうなずき、町野さんは部活へ行った。

町野さんがおしゃべり好きなのは間違《まちが》いないけれど、僕はそこまででもない。

それでも楽しいと感じるのは、相手が町野さんだからだと思う。

＃24　あのとき助けてもらったゴマ団子の町野さん

体育祭が終わったばかりだけれど、来月にはもう文化祭という十月末。

僕たちのクラスの出し物は、「テイクアウト中華《ちゅうか》」に決まった。海外ドラマで刑事《けいじ》が食べている、紙の箱に入ったあの料理。中身は炒麺《チャオメン》とオレンジチキンとのこと。

僕は当日にドミノ部の活動があるので、いまのうちから担当作業をがんばっている。

「手持ち看板に書く文字は、『海外ドラマのアレ！』でいいかな？」

模造紙を前に悩《なや》みつつ、隣《となり》で作業している坂本くんに尋《たず》ねる。

「二反田《にたんだ》くん。真《しん》に面白《おもしろ》い人間は、『不安で夜しか眠《ねむ》れない』なんて言わない」

メガネをスチャッとして、レンズを光らせる坂本くん。

「えっと……『借り物の言葉じゃなくて自分で考えろ』ってことかな。文化祭だから、普通《ふつう》にわかりやすいほうがいいんだけど……」

ほかを当たろうと辺りを見ると、話したことのない女子がふたりいた。

ベリーショートでメガネのほうが早川《はやかわ》さんで、片目が髪《かみ》で隠《かく》れたほうが目森《めもり》さん。

ふたりとも目立つタイプじゃないのでシンパシーを感じるというか、緊張《きんちょう》せずに話せそうな気がする。とりあえず、脳内で会話のシミュレーションしてみよう。

「ちょっといいですか」と、まずは努めて明るく声をかける。

するると女子たちはびくりとしたのち、互《たが》いの顔を見てくすくす笑いだす。

「女子と話したことないから、文化祭を口実に声かけてみた感じ？　クッソウケる」

「ウチらレベルなら、ワンチャンあるって思ったん？　萎《な》えるわー」

……なんてことになったら、僕は卒業するまで部室で膝《ひざ》を抱《かか》えてすごすだろう。

いやでも、この想定はさすがにこじらせすぎだ。もっとお気楽でいい。

いやでも、お気楽にスタバの新作の話とかされても困るし――。

「あのとき助けてもらった、ゴマ団子です！」

ふいに町野さんの声が響《ひび》き、教室の前方で爆笑《ばくしょう》が起こった。町野さんやギャルの女子たちという一軍グループが、本番の衣装《いしょう》を着て呼びこみ練習で盛り上がっている。

「お団子髪《だんごかみ》でチャイナドレスの女子にそれを言われたら、断れないよね……」

なんてつぶやいてみたところ、どこか気持ちが明るくなった。

町野さんとのいつもの空気を感じて、ちょっと勇気をもらえた気がする。よし。

僕は腹をくくって、話したことのない女子ふたりに近づいた。

「あの、ちょっといいですか」

声をかけるとふたりはびくりとしたのち、互《たが》いの顔を見る。

まさかシミュレーション通りかとおびえたところ、ふたりはそれぞれこう言った。

「男子だ……」

「男子っぽい……」

思っていた反応とだいぶ違《ちが》うけれど、とりあえず話を続ける。

「えっとですね、呼びこみ用の看板に書く文字について、ご意見をうかがいたいんですが」

「敬語だ……」

ベリショの早川さんが暗い顔で言うと、

「怖《こわ》がられてるっぽい……」

片目隠《かく》れの目森さんも落ちこむ。

「だが目森、高校に入って初めてまともに男子と話せるチャンスだ」

「だね、早川。二反田《にたんだ》くん、人畜《じんちく》無害っぽいし」

「二反田《にたんだ》くんで、男子との会話を練習させてもらえるんじゃないか」

「そうしたら、二年からキャラ変できるっぽい？　青春できるっぽい？」

「うむ。まずは二反田《にたんだ》くんの警戒《けいかい》を解こう。さわやかに挨拶《あいさつ》だ」

「早川、いけるっぽい？」

「難しいな。私は少々、言葉が硬《かた》い。目森のほうが、印象はいいはずだ」

「目森も無理ぽい。『言葉遣《ことばづか》いキッショ』とか思われてそうだし……」

「目森はキショくない！　ちょっと断定を避《さ》けがちなだけだ！」

「早川だって硬《かた》くないっぽいよ！　めっさ優《やさ》しいっぽい！」

ふたりは友情をたしかめあったのか、拳《こぶし》を出してグータッチした。

僕にはすべて聞こえているけれど、反応せずに笑顔《えがお》で待っている。ふたりの話が身につまされるというか、自分を見ているような気持ちだった。

「目森。古来から、この手のことは模倣《もほう》から入るのがよいとされている」

「まねするってこと？　じゃあ……人気者がいいぽい」

ふたりが目を見てうなずきあい、ようやく僕のほうに振《ふ》り返《かえ》った。

「二反田《にたんだ》くん、こんちくわ！」

「初手からハイレベルなところいったね！」

ネタがネタだけに、ツッコまずにはいられない。

「いきなりダメ出しをされたぞ、目森」

「でも敬語じゃなくなったっぽいよ、早川」

「ごめん。敬語は怖《こわ》がってるわけじゃなくて、僕の口癖《くちぐせ》みたいなものだから」

「さらりと会話に入ってきたぞ、目森」

「二反田《にたんだ》くん、コミュ力高いっぽい。スタバの新作の話とかされそう……」

「しないというか、できないよ。コミュ力も低いよ。ふたりの会話が聞こえてたから、十分な対策ができただけだよ」

「それは恥《は》ずかしいな。恥《は》ずかしくて死んでしまいそうだ」

「目森の生存本能も、あきらめたっぽい」

　早川さんも目森さんも、煙《けむり》が出そうなほど真っ赤になっている。

「落ち着いて、ふたりとも。僕は呼びこみ看板について忌憚《きたん》ない意見を聞きたくて声をかけたんだけど、少し雑談もしたいな。たぶん僕たちは、似てるっぽいから」

　ふたりは互《たが》いに見つめあい、拳《こぶし》を出してグータッチした。


「二反田《にたんだ》くんの看板だが、イラストにもクソマッチしていてファッキンいい文句だ」

「ほしいのは『汚《きたな》い』じゃなくて、『忌憚《きたん》ない意見』ね！」

「二反田《にたんだ》くんが目森たちに話しかける前の苦悩《くのう》、わかるっぽい。なけなしの勇気を振《ふ》り絞《しぼ》って失敗したら、『もうなにもしたくない……テイルズオブなにもしたくない……』って、ベッドに突《つ》っ伏して三年間をすごすまである」

「きみが横になるRPG！」

　そんな具合に作業しながらの雑談で、ふたりとはだいぶ打ち解けた。

「そろそろ帰る頃《ころ》あいだ。ところで自覚がなかったが、私も陰《いん》キャなのだろうか」

「早川さんは違《ちが》うと思うよ。寡黙《かもく》なバレー部員って感じかな」

「美術部なんだが」

「ちな目森もビブね。目森は陰《いん》を自覚してるっぽいけど。バイバイ、二反田《にたんだ》くん」

作業を終えたふたりは帰ったけれど、僕はもう少し粘《ねば》ることにする。

ドミノ部の準備も忙《いそが》しいので、クラスの文化祭仕事は今日で終わらせておきたかった。

「にーたんだっ」

ぽんと肩《かた》をたたかれて、わかっていたのに振《ふ》り返《かえ》ってしまう。

「見てたよー。女の子と、めっちゃしゃべってたね」

僕の頬《ほお》に指をめりこませて、町野さんがにやにやしている。チャイナドレスはもう脱《ぬ》いでしまったらしい。髪《かみ》もいつものポニーテールに戻《もど》っていた。

「町野さん、まだ残ってたんだ」

「部活休みだったから、たまにはみんなでおしゃべりしたくて。で、どんな話したの？」

「からかうつもりで肩《かた》回してるところ悪いけど、町野さんの話だよ」

「え」

町野さんの目が「・」に、口が「◇」みたいな形になった。

「前に安楽寝《あらくね》さんと話したときと同じで、僕たちはコミュ力LV1だけど、町野さんを見ていると勇気をもらえるとか、町野ちゃんは勇者っぽいとか、そういう感じの」

今回もそうだけど、直接間接を問わず僕の交友関係は町野さんの影響《えいきょう》を受けている。

そしてそんな風に思っているのは、たぶん僕だけじゃない。

「二反田《にたんだ》さー、わたしのこと好きすぎじゃない？」

「村人は勇者を賛美する装置だから」

「……物語の勇者って、お姫《ひめ》さまとか旅の仲間とか、特別な相手と結ばれるでしょ」

「まあそのほうが、みんな納得《なっとく》するだろうし」

「でも中には、宿屋の女将《おかみ》さんを好きになる勇者もいるんじゃない？　危険な世界で命をかけて戦う勇者が、ようやく戻《もど》ってきて安らげる場所だから」

「えっと……？」

「二反田《にたんだ》は、ドミノを並べてないと勘《かん》が悪い」

町野さんの口が、つまらなそうな「3」の形になる。

「ごめん。文化祭の準備で考えることが多くて、頭がいっぱいで」

「……まあいいけど。とりあえず、わたしはうれしかったよ。今日のこと」

「今日のことって？」

「おねえちゃんね、きみが自分から人に話しかけたのが、すっごくうれしかったんだー」

「僕の察しの悪さ、未就学児レベルなんだ……」

町野さんが噴《ふ》きだして「ω」の口をしたけれど、すぐに普通《ふつう》の表情に戻《もど》った。

なんとなくさびしそうに見えたものの、いまの自分は当てにならない。

海外ドラマの
アレ！

＃SIDE　町野硯《すずり》　～勇者ニタンダ～

いよいよ十一月に入り、今日は待ちに待った文化祭。

各部活が活動内容をアピールする日でもあるけれど、わたしの水泳部はなにもなし。宣伝の必要がないくらい、部員が多いから。そんなわけで——。

「あのとき助けてもらった、ゴマ団子です！」

わたしはクラスの出し物、というか呼びこみに全力を注いでいた。

二反田《にたんだ》が描いた「海外ドラマのアレ！」の看板を掲《かか》げ、中庭で声を張り上げる。

「ここで食べないと、たぶん一生食べないよー。チェーック、ディス、アーウ」

派手なインナーカラーのツインテールをした、ギャル女子も叫《さけ》んだ。パピちゃんはわたしのクラスメイトで、周りに流されないけど彼氏《かれし》にはすぐに染まってしまう子。

「へイヨー、まちのん。バイブス下がってない？」

「全力出してるつもりだったけど、パピちゃん鋭《するど》いねえ」

わたしのバイブス、というかテンションが低めなのは、二反田《にたんだ》のせいだ。

ちょうど一ヶ月前辺りから、二反田《にたんだ》はそわそわしていた。八木ちゃん、リョーマ、ベニちゃん、イオちゃんと、こっそりなにかたくらんでるっぽい。

わたしが部室に顔を出すと、二反田《にたんだ》はいつものようにおしゃべりしてくれる。でもその後にドミノを並べる様子はないから、さっきのメンバーで集まっている模様。

わたしが仲間はずれにされるのは、まあしょうがないかなと思う。

二反田《にたんだ》は素直《すなお》そうに見えて、あれでけっこう頑固《がんこ》というか。いつまでたっても運動部員とかパピちゃんみたいなギャルと自分の間に、見えない境界線を引いている。

わたしのことは友だちだと思っているみたいだけれど、それでもお互《たが》いの居場所は区切られている感じ。たぶん「男と女」くらいに、明確な差で。

その線をわたしが消そうとしたところで、二反田《にたんだ》は消えたように振《ふ》る舞《ま》うだけ。

友だちと思ってくれても仲間に入れてもらえないのは、けっこう泣ける。

「パピ子が思うに、まちのん、ちゅきぴのことでワンバース悩《なや》んでる？」

「うーん……どのくらい好きになったら、すきぴ？」

「マイメンくらい」

ヒップホップ用語が増えたので、パピちゃんの新しいすきぴはラッパーらしい。

「すごくかわいくて、自分になついてくれる犬が、よその家の子って感じなんだよね」

「まちのんは、そのドギーを自分で飼いたいわけ？」

「そういうわけじゃないけど……ときどき、やきもちは焼いちゃう」

「マイメンだねー。ちょうどいいマイメン」

さっぱりわからんなーと思っていると、当人が挙動不審《ふしん》な様子でやってきた。

「町野さん、その……チャイナドレス、似あってます……お団子の髪《かみ》も」

制服のネクタイをきっちり締《し》めたこの男子が、クラスメイトで友だちの二反田《にたんだ》。

仲がいいのに他人行儀《たにんぎょうぎ》なのは、たぶん「線の向こう側」のパピちゃんがいるから。

「誰《だれ》？　ワックMC？」

パピちゃんがわたしの袖《そで》を引いて、小声で聞いてくる。

「ううん、マイメン。というか同じクラスの二反田《にたんだ》だよ」

小声で返すと、パピちゃんが二反田《にたんだ》に「炒麺《チャオメン》」と中国っぽくお辞儀《じぎ》をした。意味がぜんぜんわからないけれど、二反田《にたんだ》は雰囲気《ふんいき》で謝罪だと思ったみたい。

「き、気にしないで。あといまから体育館で、ドミノ部の紹介《しょうかい》をするんですが……」

「「行く！」」

わたしはもちろん、呼びこみに退屈《たいくつ》していたパピちゃんも即座《そくざ》に承諾《しょうだく》した。


「ドミノ部って、スライドを見せながらフリースタイルする感じ？」

パピちゃんに聞かれても、わたしには答えようがなかった。

ドミノ部には毎日顔を出しているけれど、二反田《にたんだ》がドミノの動画を撮《と》ったり、ネットに上げたり、英語のコメントを見て無表情のまま喜んでいるのを知っているだけ。

「『ゲームで遊んでお菓子《かし》食べるだけ部』のみなさん、ありがとうございましたー！　続きましては、『ドミノ部フィーチャリング有志』のみなさんです」

司会の生徒が言うと同時に、体育館の照明が落ちた。

真っ暗な壇上《だんじょう》に、三人の生徒が腕《うで》を組んで立っているのがわかる。

はっきり顔は見えないけれど、たぶん左から、二反田《にたんだ》、リョーマ、イオちゃん。

八木ちゃんとベニちゃんがいないなと思っていると、会場に音楽が鳴り始めた。

わたしたちの世代なら誰《だれ》でも知っている、ボカロ曲のキラーチューン。

次いで壇上《だんじょう》のロールスクリーンに、ドミノが倒《たお》れる映像が映し出された。

その音と映像にあわせるように、三人の影《かげ》が動き始める。

それぞれが手にドミノと同じ色のサイリウムを持って、踊《おど》る。

「まさかのオタ芸！」

体育館の前方で誰《だれ》かが叫《さけ》び、大きな笑いが起こった。

けれど三人がリズムにあわせて激しく踊《おど》りだすと、会場がどよめきに包まれる。

「超《ちょう》ドープ……」

暗闇《くらやみ》で回転するサイリウムの光が、うっとりしたパピちゃんのおでこに映ってる。

「うりゃおい！　うりゃおい！　うりゃおい！　うりゃおい！」

会場の前方で、ドルオタの人っぽいコールが始まった。間違《まちが》いなく八木ちゃんの声。

となるとベニちゃんは、放送ブースで音響《おんきょう》を担当しているのかも。
「まちのんのマイメン、やばない？　オーディエンス沸《わ》かしすぎ！」
パリピの血が騒《さわ》ぐのか、パピちゃんもハンズアップして踊《おど》っている。
EDMみたいに、ノリのいいボカロ曲。
真っ暗な空間で、花火のように踊《おど》るケミカルな光。
八木ちゃんの、はち切れたコール。
スクリーンで小気味よく倒《たお》れる、ドミノ――。
視覚と聴覚《ちょうかく》を快楽で支配されていると、あっという間にドミノ部の出番は終わった。

その夜わたしは、二反田《にたんだ》にLINEを送った。
『パピちゃんが言ってたよ。伝説作ったねー、五反田《ごたんだ》って』
『来年は、名前だけでも覚えて帰ってくださいって言います』
『壇上《だんじょう》にドミノ並べられないのはわかるけど、なんでオタ芸だったの？』
『消灯で顔が隠《かく》せるから。あとオタ芸ってなんかオリエンタルで、花火っぽいから』
『花火って、もしかして夏休みの思い出からの着想？』
『うん。花火ってアートだし、ドミノもアートかなって。芸術の秋に考えたりして』
『よくわかんないけど、死ぬほど盛り上がってたよ』

『みんなのおかげなんだ。曲は雪出さんが選んでくれて』

『八木ちゃんのコールも大ウケ』

『安楽寝《あらくね》さんは渋々《しぶしぶ》だけど、文化祭だけ手伝ってくれる約束だったから。安楽寝《あらくね》さんがいれば坂本くんも釣《つ》れる。調理部の人も喜んで坂本くんを貸してくれたよ』

リョーマは計量をしないから、部活では邪険《じゃけん》に扱《あつか》われているらしい。

『二反田《にたんだ》もかっこよかったよ。サイリウムを床《ゆか》でたたいて、発光させるとことか』

『不安で夜しか眠《ねむ》れない人と同じで、ぜんぶ人まねなんだ』

『素直《すなお》にほめられたら？』

『すみません。ありがとう。うれしいです』

『まあわたしは怒《おこ》ってるけどね（関羽《かんう》のスタンプ）』

『将軍、なぜそんなにお怒《いか》りなのです』

『誘《さそ》ってくれなかったから』

『だって町野さんには……見てほしかったから』

『二反田《にたんだ》……』

『うん』

『なんで見てほしかったの（張飛《ちょうひ》のスタンプ）』

『許してもらえる流れだったのに、こんなに詰《つ》められることある？』

『わたしハブられて、超《ちょう》さみしかったし！』
『ハブったとかじゃなくて』
『言い訳すんな（呂布《りょふ》のスタンプ）』
『ひいっ、来年は必ず誘《さそ》います』
『打ち上げは？』
『明日の代休に、焼き肉をおごることになってます。もちろん町野さんも誘《さそ》います』
『まだむかつく（董卓《とうたく》のスタンプ）』
『すみません、閣下。喜んでもらえると思っていたのです』
『二反田《にたんだ》も、ちゃんと勇者だったよ。主人公だったよ。だからむかつくの』
『僕が主人公の物語は、きっと感情移入しにくいね（クマのスタンプ）』
『相手の真意が読み取れないときに、間を埋《う》めるためのかわいいスタンプやめて』
『ごめんなさい（馬謖《ばしょく》のスタンプ）』
最後に『おやすみ（斬《ざん》）』と孔明《こうめい》のスタンプを返し、わたしは大きくため息をつく。
「素直《すなお》じゃないの、わたしのほうじゃん……」
明日どんな顔をして二反田《にたんだ》に会えばいいのかと、わたしは一晩中ベッドで泳いだ。

＃25 パンチラインにカウンターを決める町野さん

カードでお金を下ろしたときや、おしゃれサロンに予約を入れたとき。

高校一年男子としては、そういう瞬間《しゅんかん》に自分が大人になったと感じる。

まあ少し盛ったというか、僕が予約したのはサロンじゃなくて焼き肉店だけれど。

しかも食べ放題の店だけれど。まあディテールはどうでもいい。

「乾杯《かんぱい》ってもともとは、人を悼《いた》むための儀式《ぎしき》だったんだよ。だから今日は二反田《にたんだ》の文化祭での成功を、厳《おごそ》かに、重々しく、祝福しようね」

カルピスのグラスを掲《かか》げた町野さんが、滔々《とうとう》と語っていた。

僕はいま、自分が予約したお店で、友だちに、焼き肉をごちそうしようとしている。

我ながら大人になったなあと、しみじみと感動するのも無理はない。

「じゃ、KP！　肉うぇーい！」

「普段《ふだん》に増して軽いんかい」

町野さんの隣《となり》で、安楽寝《あらくね》さんがぺしっとツッコむ。

今日は六人の大所帯。町野さん、坂本くんと、二大ボケマシーンがいるので、ツッコミもできる八木や安楽寝《あらくね》さんの存在は頼《たの》もしい。

「二反田《にたんだ》サン、実際スゴかったデス。あんなに会場をオマツリにして」

ニンジャみたいな口調で、雪出さんがほめてくれた。

「何度も言うけど、本当にみんなのおかげだから。特に雪出さんは、裏方をぜんぶやってくれて。正直なところ、一番お世話になったと感じています」

ユニバース級の美少女を出役《でやく》にしないのはもったいないと思ったけれど、本人は目立ちたくないだろうと僕が勝手に慮《おもんぱか》った。

それが誤算だったのは、雪出さんが震《ふる》えるほどに有能だったこと。ダレないように曲を短くアレンジしてくれ、動画編集も僕よりうまく、もはや頭が床《ゆか》から上がらない。

「だが一番賞賛されるべきは、センターで舞《ま》ったぼくだな。なにしろ顔がいい」

坂本くんがメガネをくいっとすると、

「客席からは、アホメガネのメガネすら認識《にんしき》されてねーよ。伝わったのはアホだけだ」

安楽寝《あらくね》さんが手早く処理する。

「とりあえず、みんな好きなの注文して。なんでも頼《たの》めるコースだから」

僕は聖徳太子《しようとくたいし》ばりに五人のオーダーを聞きわけ、タッチパネルに入力していった。

そして待望の、肉がやってくる。

「あーし、いつも思うんだよ。ハラミって横隔膜《おうかくまく》だろ？　なんでハラのミなんだ？」

「安楽寝伊緒《あらくねいお》。焼き肉はドントシンク、フィールだ。『考えるな、タン塩』」

「出たよリョーマのうそ名言」

「うそじゃないぞ、八木元気。ぼくの家のカーテンはタン塩でできている」

「キモすぎんだよキモメガネ！　雪出がドン引きしてるだろ！」

「だ、大丈夫《だいじょうぶ》デス。でも口直しに、イオの食レポ聞きたいカモ。サンチュの」

「天使の無茶ぶり……すこだわぁ」

「八木ちゃんは、ベニちゃんの全肯定《こうてい》オタクすぎ。いくらイオちゃんが食レポの達人だったとしても、生野菜で『甘い』、『新鮮《しんせん》』を禁じられたら、なにも言えないよ」

「町野さん。それ以上にハードル上げたら、安楽寝《あらくね》さんの黒目がなくなっちゃうよ」

「……食レポの達人って言ってくれた……！　町野の期待に応えたい……！」

「「「チョロ……」」」

「じゃあ、レポるぞ……うん。ちょっと水滴《すいてき》がついてて、葉っぱの味がする」

雪出さんだけが小さい拍手《はくしゅ》をして、ほか全員がテーブルを見つめた。

「っぱ、カルビこそ至上よ！　上《じょう》でなくてもんめぇ。壺漬《つぼづ》けとか意味わからんうめぇ」

八木が空気を変えようと、声量を上げていく。

「考えるな、タン塩」

「わかる。考えるな、タン塩」

「町野がアホメガネに寝返《ねがえ》った！」

「ワタシ、韓国《かんこく》のりなら無限に食べられマス」

「「「「気持ちはわかるけど、お肉食べて」」」」

ここまでのやりとりを「外」から見ると、うすら寒く感じるかもしれない。

でも「内」にいる十六歳の男子高校生になると、ただひたすらに楽しい。

「あー、食った食った。しっかしマジで、文化祭盛り上がったなー」

「同意しよう、八木元気。ぼくも安楽寝伊緒《あらくねいお》と練習して、心の距離《きょり》が縮まった」

「ミリも縮まってねーから！　つーか二反田《にたんだ》、あーしの隣《となり》を見ろ」

安楽寝《あらくね》さんの横で町野さんが、ぷっくぷくにむくれている。

「いいなー。わたしもみんなと一緒《いっしょ》に、盛り上がりたかったなー」

「……みんな悪いけど、先にお店を出ててくれないかな。すぐに行くから」

僕が声をかけると、すぐに八木が立ち上がった。

「しゃーねーな。これ、俺のぶんな」

「待って、八木。今日は僕が払《はら》うよ。みんなへのお礼なんだから」

「そういうのは、大人になってからやるもんだろ。俺たちだって、それなりに文化祭を楽しんだんだ。二反田《にたんだ》のおかげでな。だろ？」

ほかのみんなが笑ってうなずき、テーブルにお金を置いて店を出ていく。

「みんな大人すぎて、子どもっぽくすねてる自分がガチで恥《は》ずかしい……！」

思っていた反応と違《ちが》ったのか、町野さんは赤くなってあわあわしていた。

「子どもは僕だよ。誕生日のときみたいにサプライズで喜ばせようとして、結果的に町野さんを傷つけた。ど陰キャぽんこつぼっちくんが調子に乗るから、こうなるんだ」

「違《ちが》うってば。わたしが素直《すなお》じゃないだけだよ。花火からの着想とか、わたしに見てほしかったって言ってくれたこととか、うれしかったはずなのに……」

「でも僕はやりかたを間違《まちが》えた。一番大事な町野さんを仲間はずれにするなんて、僕は本当にど陰キャぽんこつぼっちくんだ……」

「それ、こするほどのパンチラインでもないよ」

「ごめん。僕はど陰キャぽんこつぼっちくんだから……逆張《ぎゃくば》りしちゃうから……」

「二反田《にたんだ》、自虐《じぎゃく》がひどい。そんなんじゃ、仲直りの落としどころも見つかんない」

「自虐《じぎゃく》も四月の時点で言われてたのに。僕はまるで成長してないね……」

「もしもーし、成長してますよー。伝説作ったでしょー。わたし抜《ぬ》きでー」

「根に持ち持ち！」

町野さんの口が、やっと「ω」の形になった。

「またケンカしちゃったね。お互《たが》いに埋《う》めあわせで、どっかデートしよっか？」

「恐竜《きょうりゅう》展は……この時期だと近場ではやってないね」

「じゃあ水族館。そんでお寿司《すし》食べよう」

「いい趣味《しゅみ》じゃないけど、魅力《みりょく》的なプラン」

「二反田《にたんだ》、もっと険しい顔でケンカを装《よそお》って。みんな窓の外でこっち見てるんだから」

「なんで」

「もうちょっとだけ、いちゃいちゃしたいから」

「……『仲直りしたばかりだから、仲よくおしゃべりしたい』ね」

町野さんの言葉は、額面通りに受け取ると死を招く。

「今回でわかったけど、わたし彼女にしたらめんどくさい女だね」

「僕のめんどくささは、『理解ある彼くん』も五分おきに台パンするレベルだよ」

「じゃ、お互《たが》いさま？　まあベニちゃんと八木ちゃんも、めんどくさかったしね」

「でも前に比べると、ふたりはすごくしゃべってるよ」

「イオちゃんとリョーマは？」

「仲よくなってるんじゃないかな。お互《たが》いに会話を拾いあってたし」

「人は変わらないことを望むけど、周りは変化していくねえ」

「その周囲に影響《えいきょう》されて、自分も変化していくんだと思うよ」

「二反田《にたんだ》も？」

「一番影響《えいきょう》を与《あた》えている人が聞く？」

町野さんと出会う前の僕なら、文化祭は部室の展示だけでお茶を濁しただろう。

キャラに似あわないチャレンジをしたのは、町野さんを笑わせたかったからだ。

「わたしも二反田《にたんだ》から、影響《えいきょう》を受けてるのかな」

「だとうれしいけど、町野さんの軸《じく》はずっとブレてないよ」

「そう？　最近ちくわに飽《あ》きてきたんだけど」

「ちくわには、軸《じく》がないから」

町野さんの口が、また「ω」の形になった。

僕はこの口が好きなのだから、もっとシンプルに町野さんだけを見ていようと思う。

「二反田《にたんだ》、赤い！」

しまった、顔に出ていたかと思ったら、町野さんはタッチパネルを指さしていた。

見れば食べ放題のカウントダウンタイマーが、すでに数分すぎて赤くなっている。

「土下座で許してもらえるかな……」

「二反田《にたんだ》、朗報。わたしの財布《さいふ》に、けっこう入ってる。どんぐりが」

「それは森のお茶会まで、大事にしまっておいて」

「あの、そろそろお会計を……」

申し訳なさそうな店員さんに、僕たちは平謝《ひらあやま》りで会計をすませた。

#26 どん兵衛《べえ》を食べてるときの割《わ》り箸《ばし》が好きな町野さん

冬は体感時間が短いのか、気がつけばコートが手放せない十二月。

とはいえ部室にはエアコンもあるので、僕は比較的《ひかくてき》快適にドミノを並べている。

「新入部員、増えなかったなあ……」

文化祭ではけっこう存在感を示したつもりだけれど、ただのひとりも見学にこない。

「ま、まあ、狙《ねら》いは外部の中学生だしね」

来年には後輩《こうはい》ができるはず、できて、なんて祈《いの》っていると、部室の引き戸が開いた。

「あー、珍《めずら》しくブレザー着てリボンなんてしちゃうと、わたしかわいいなー」

現れたのは、自分で言った通りの服装をしたポニーテールの女子生徒。

たしかに普段《ふだん》はリボンもせず、上もジャージを羽織っていることが多い。

「いらっしゃい、町野さん。僕が『どうしたの』って聞いて、コントに入る感じ？」

「今日は普通《ふつう》に、ほめてほしいやつ」

「それが一番難しいんだけど……かわいい、です」

「じゃあ次は、『どうしたの』って聞いて」

「結局言わせるし……どうしたの？」

「昨日ね、整体に行ったんですよ、整体。こう、ぶわーって電車乗って」

「エピソードトークでしか使わない擬態語《ぎたいご》」

「そしたらね、車内で女子高生ふたりが、きゃっきゃとしゃべってるんです。まあうるさいと言えばうるさいんですけどね。正味のとこ、箸《はし》が転がってもおかしい年頃《としごろ》ですしね」

「自分もJKなのに、目線が年配すぎない？」

「で、ほかのお客さんも煙《けむ》たそうな顔をしつつも、『まあいいかー』みたいな空気で。みんな聞くともなしに、女子高生の話を聞いてたわけですよ。寒くね、とか」

「今年は本当に寒いからね」

「そしたらね、女子高生のひとりが言ったんです。『めんどくさいから、スカートはいてこなかった』って。その瞬間《しゅんかん》、それまで無関心を装《よそお》ってた車内のおじさんたちが、『ブンッ』って音が鳴るくらいに首をひねって」

「んふっ」

悲哀《ひあい》と皮肉に満ちた光景が頭に浮《う》かび、噴《ふ》きださずにはいられない。

「見たらね、ひとりの女子高生は、スカートの下に芋《いも》ジャーをはいてたわけですよ。んでもうひとりが、コートの下に芋《いも》ジャージだけでスカートなし、っていうオチでね」

「冷静に考えればそうなるのに、本能は人生経験を凌駕《りょうが》するんだね……」

「で、整体に行ったら、『首いわしてるけど、暗殺者にでも狙《ねら》われた？』って聞かれて」

「町野さんが一番ブンって振《ふ》り返《かえ》ってる！」

「さすがに恥《は》ずかしかったから、自分はJKだぞって暗示をかけようと思って」

「リボンの理由の着地点が、「予想外すぎるよ」

「でも二反田《にたんだ》、かわいいって言ったよね？　わたし、おじさんじゃないよね？」

「それは、まあ……」

あらためて見るまでもなく、町野さんはかわいい。実はタレント活動しているなんて言われたら、特に疑わず信じるくらいには。

「どう？　正直ベースで答えて」

「正直ベース……外見以外は、たまにおじさんみを感じるかも」

「ガーン！（爆）」

「そういうとこね」

「二反田《にたんだ》チャン♥は、おじさん（^_^）みたいなJKは、キライになっちゃうカナ？（汗）」

「開き直って、おじさんに寄せ始めた」

「自覚があるんだよ。元来のがさつな性格に加えて、最近は汚部屋化《おべやか》も進行してて」

「通話で部屋画像を見せあう流れで、謎《なぞ》に自撮《じど》りが送られてきたっけ」

「逆に二反田《にたんだ》は、ミニマリストみたいな部屋だった」

「町野さんの部屋、どんだけひどいの。僕も普通《ふつう》に物とかぬいぐるみとか多いよ」

「それ！　二反田《にたんだ》の部屋は片づいてたし、女子力を感じる」

「散らかってたら、ドミノできないからね。家事スキルとかは特にないよ」

「だし巻き卵」

「好きだから、よく作るけど」

「ボタンつけ」

「下手だよ。ほら」

ブレザーの袖《そで》の、少しずれた飾《かざ》りボタンを見せる。

「完璧《かんぺき》じゃないかっ……！」

「天を仰《あお》いで男泣きするほど？」

「待って！　わたしと二反田《にたんだ》が『もしかして、入《い》れ替《か》わってる～⁉』したら、見た目も中身もかわいいＪＫが爆誕《ばくたん》するんじゃない？」

「その場合、町野さんの担当は『異様に若作りなおじさん』になるけど」

「そんなことになったら、なにを楽しみに生きていけばいいの……」

「ここでドミノを並べて、かわいいＪＫが遊びにくるのを待てば？」

「くっ……！　学期に一度出る、二反田《にたんだ》のナチュラルイケメンセリフがここで……」

町野さんはなぜか頰《ほお》を赤くして、小声でぶつぶつ言っている。

「そういえばもうすぐテストだねと、話題転換《てんかん》したほうがよさそう」

「そだそだ。今日は大事を取って部活休みにしたから、うちで勉強しない？」

「一瞬《いっしゅん》ドキッとしたけど、僕に掃除《そうじ》させようとしてる？」

「『いや待てよ……女子の部屋が、本当にそんなに汚《きたな》いわけないじゃないか。実際は片づいているのに汚部屋《おべや》と言い張る、予防線パターンなんじゃないか……？』」

「自分に都合よく、僕の心中をねつ造しないで」

「えー、遊ぼうよー。部活休みでヒマなんだよー。卒アル見て、きゃっきゃしようよー」

むしろ勉強が口実だったけれど、若き日の町野さんを見たい誘惑《ゆうわく》には抗《あらが》えなかった。

「この状態で人を呼ぶなんて、いい度胸してるね！」

生まれて初めて女の子の部屋を訪《おとず》れた僕の第一声がそれで、「でも散らかってるのは服だけだし！」と、町野さんがブルドーザーのごとく整地を始めて数分。

「ほら、床《ゆか》が見えた。へへっ」

右手で鼻の下をこすして、左手でボールのようなものをもてあそぶ町野さん。

「腕白《わんぱく》少年。あとは僕がやるから、その丸まった靴下《くつした》は洗濯《せんたく》カゴへ持っていって」

町野さんが「ちぇー」と部屋を出たので、僕は散らばったマンガや本を拾い集めた。

「特別いい匂《にお》いもしないし、色味がピンクだったりもしないけど……」

勉強をしているであろう机や、寝落《ねお》ちもちもちしていたはずのベッド。

そのほか服やらコスメやらと、町野さんの生活をのぞいているようでドキドキする。

「二反田《にたんだ》。飲み物、コーラとエナドリどっちがいい？」

町野さんが戻《もど》ってきて、ドリンクの缶《かん》とじゃがりこをローテーブルに置いた。

「なにそのネットゲーマーみたいな二択」

「お父さん、そっち系の仕事だから。お母さんは昔ながらのメイドカフェ」

町野さんが陽《よう》キャなのにその手の知識が明るいのは、そういう背景があったらしい。

「さっきお父さんに挨拶《あいさつ》したら無視されたけど……仕事の邪魔《じゃま》しちゃったかな」

「挨拶《あいさつ》してたよ？　ちっちゃい声で、『あ……っス……』って」

「親近感で、コーラ何杯《ばい》でも飲めそう」

「実際、お父さん二反田《にたんだ》にちょっと似てるしね。ほら、卒アル見よ。まずは小学校」

町野さんの卒業アルバムは、何度も見返しているようでくたびれていた。僕は自分のそれを一度も見てないし、そのまま処分してしまいそうなのに。

「ほら、奇跡《きせき》の一枚。この頃《ころ》がわたしの、かわいさピークだったね」

それは徒競走や給食の場面ではなく、図工の時間だった。片目をつぶって鉛筆《えんぴつ》を前方に突《つ》きだした町野さんは、見られていることを意識した笑《え》みを浮《う》かべている。

「たしかに顔面力が高い……いまネットに上げてもバズりそうだね」

「『たしかにかわいい……でも町野さんは、いまもピークを更新《こうしん》中だよ』」

「添削《てんさく》ありがとうございます。次はがんばります」

「ちなみに、こっちはベニちゃんね」

「天使……！　いたっ」

「ほんとかわいいよね。あ、卒アル名物の巻末プロフ見よ」

「完全に無意識で、太ももぺちんした……？」

「見て見て。わたしの好きな食べ物、『どん兵衛《べえ》を食べてるときの割り箸《わばし》』だって」

「たしかに味が染《し》み染《し》みでおいしいけど！」

などと四年前から変わらぬセンスに脱帽《だつぼう》したり、中学時代のやばいかわいいショートカットに感激したり、突如《とつじょ》乱入してきた猫《ねこ》に「やんのかステップ」で挑発《ちょうはつ》されたりしつつ、僕たちは楽しい時間をすごした。

「そろそろ、おいとましようかな。今日は腹筋がなくなるくらい楽しかったです」

「なんかさみしい……二《に》反田《たんだ》、またきてくれる？　ほどよく部屋が散らかった頃《ころ》に」

「さみしいのは、そんな誘《さそ》われかたをした僕じゃないかな」

「じゃあ水族館デート、クリスマスイブにしてあげるよ」

「そんな投げやりな……あっ、いや、楽しみにしてます」

町野さんの片頬《かたほお》が赤く膨《ふく》らんでいたので、僕は即座《そくざ》に同意した。

＃27　クリスマスのクエストをこなす町野さん

カフェの二階から見下ろす街の雰囲気《ふんいき》は、いつもと変わらないように思える。

けれどよく見ればカップルが多く、ソロの人はいくらか足早なように感じた。

店内のBGMもクリスマスソングばかりで、平成の同調圧力を吹《ふ》きこんでくる。

「これですっぽかされたら、僕は立ち直れないかも……」

「そんなこと、するわけナイルワニ。がぶがぶ」

肩《かた》を噛《か》まれて、僕は背後を振《ふ》り返《かえ》った。

オフショルダーのニットワンピースを着た女性が、くすくすと笑っている。

僕の頬《ほお》にめりこんだネイルには、ハートマークがふたつ描《えが》かれていた。

「こんにちは、町野さん。今日は服も髪《かみ》も大人っぽくて、一段とかわいいです」

「文化祭でも思ったけど、第一声でほめてくれるようになったね。二反田《にたんだ》レベルアップ」

「町野さんも遅刻《ちこく》しなくなったね。ほっぺに指はめりこませるけど」

「透明《とうめい》感が出せないから、『いたずらっぽく笑うあの子』路線でやらせてもろてます」

「わりと真っ当なセルフプロデュース」

「二反田《にたんだ》は相変わらず作画コスト低そうな服だけど、前よりおしゃれに見えるね」

「識者たちの意見を参考にしたんだ。知恵袋《ちえぶくろ》の」

「ベストアンサーに選んでくれて、ありがとね」

「あれ町野さんだったの!?」

「そんなことより、出発しよ。わたし早く、ウミクワガタに会いたい！」

「いるかもしれないけど、肉眼で確認《かくにん》できるかな……」

なんていつも通りの雰囲気《ふんいき》で、僕たちは水族館へ向かった。


「二反田《にたんだ》はペンギンとイルカ、どっちに往復ビンタされたい？」

「ペンギンかな。オスが抱卵《ほうらん》する時期だから、子を守るために本意気《ほんいき》でしばいてくれそう」

「誰《だれ》かを殺《や》るなら、ダツとサンマとタチウオのどれを凶器《きょうき》にする？」

「ダツかな。ほか二種は、ミステリ作品に前例があるから」

「『こいつ、マス科だな？』。なんでそう思った？」

「過去の経験がトラウトになり、サケ飲みになった」

「こざかしい大喜利はともかく、二反田《にたんだ》の雑学めっちゃ楽しいね。いまのところ一緒《いっしょ》に水族館に行きたい人ランキング、二位だよ」

「一位は……たぶんあの人だね。すギョすぎて嫉妬《しっと》もできない」

素人《しろうと》モノマネが逆によかったらしく、町野さんの口が「ω」の形になった。

その見慣れた仕草が、クリスマスの今日はことさらうれしく感じる。

「なんか今日の二反田《にたんだ》、めっちゃわたし見るね？」

「え、そうかな。ごめん……」

「ううん。狙《ねら》いすぎかもって思ったけど、やっぱこの服で正解だった」

上目遣《うわめづか》いで、からかうように僕を見る町野さん。

「別に服を見てるわけじゃ……」

「じゃあ顔？　わー、照れてる。うれしいボーリング！」

僕のほっぺをぐりぐり掘削《くっさく》して、町野さんは上機嫌《じょうきげん》だ。

「そろそろお昼の時間だね。町野さんは、お寿司《すし》が食べたいんだっけ」

「うん。入場券買ってもらったから、わたしがおごるよ。回らないお寿司《すし》でいい？」

「僕のほっぺから石油でも掘《ほ》り当《あ》てた？」

にやりと笑う町野さんに連れられ、僕たちは水族館をあとにした。

「戦慄《せんりつ》するほどおいしい……タイが甘くて、まぐろが和牛みたいにやわらかくて濃厚《のうこう》」

「でしょ？　ここランチタイムだけ、ＳＤＧｓ丼《どん》を出してくれるんだよ」

お店の構えは立派だけれど、価格はすこぶる良心的。刺身《さしみ》や寿司《すし》では使いにくい部位で作るランチタイムの「海鮮《かいせん》ちらし丼《どん》」は、味も鮮度《せんど》も夜と同じらしい。

「前のパンケーキもおいしかったけど、町野さんはこういうお店どうやって見つけるの」

「インスタで、普通《ふつう》のバイトをしてる女子大生をフォローするだけだよ」

「港区女子《みなとく》とかじゃないんだ」

「一般《いっぱん》女子大生は限られた収入で港区女子と張りあうべく、コスパを最大化できるお店探しに余念がないから」

「情報強者のライフハック……！」

そんな一般《いっぱん》女子大生のおかげで、僕たちはおいしいSDGs丼《どん》を堪能《たんのう》した。

「ごちそうさまっと。今日は夜にイルミネーションを見るのが、メインクエストね。とりあえずそれまでは、『町野散歩』しよっか」

「午前中にやってそうな町ブラ番組感」

「まずはショッピング。予算は千円。時間は五分。ふたりで別行動」

「失敗するとハンターが追加されるミッション？」

「クリスマスなんだから、プレゼント交換《こうかん》に決まってるでしょ」

「えっと……ごめん、町野さん。すでに買っちゃってあるんだけど……」

僕はトートバッグから、ラッピングされた箱を取りだした。

「おお……おおお？　おおおおおおっ!?」

「『陰《いん》キャがそんな気の利《き》いたことするわけない』、って思ってた人の驚《おどろ》きかた」

「単にうれしすぎただけだよ。わたしも買ってあるし。二反田《にたんだ》が用意してくれてなかった場合に備えて、保険で千円のプレゼント交換《こうかん》を提案したわけじゃないよ」

「優《やさ》しさと残酷《ざんこく》さって、紙一重だね……」

「あと渡《わた》すタイミングは、完全に間違《まち》ってるよ」

「優《やさ》しさ売り切れちゃった……ごめんなさい。夜に出直します」

「でもきっと楽しいから、千円プレゼント交換《こうかん》やろ！」

かくして僕たちは町野散歩を敢行《かんこう》し、公園をやたらゆっくり歩いてみたり、生まれて初めてプリ機の中に入ったり、雑貨屋さんで「土味」ビーンズの食レポをしたり、クレーンゲームで海鮮《かいせん》ちらし丼《どん》よりも高い空気をゲットするなどした。

そうこうする間に日が暮れて、目の高さにきらきらと光が瞬《またた》き始める——。


「きれい……セーブポイントみたい」

公園のベンチに座《すわ》った町野さんが、遠くのイルミネーションを見て目を細めていた。

「イルミネーションの感想として間違ってるけど、たしかにラスボス直前の雰囲気」

「わたし、人工的な光が好きなのかも。花火とか、サイリウムとか」

「それは……まだちょっと怒《おこ》ってる的なやつです？」

「わたしたちはこの一年、同じ時間と景色をたくさん共有したねってやつ」

「そりゃあ趣味《しゅみ》も似ると」

「あれはなんていうか、お店に誘導《ゆうどう》された感があるなー」

町野さんと、顔を見あわせて笑う。

雑貨屋さんで僕たちは、時間を決めて別行動した。集合して互《たが》いに買ったプレゼントを見せあったところ、ふたりとも千円ぴったりの小さなスノードームを選んでいた。

「でも僕は、すごく気に入ったよ」

「わたしも。あ、そうそう。プレゼント」

お互《たが》いがバッグの中から、ラッピングされたプレゼントを取りだした。

「「メリークリスマス」」

同時に言って渡《わた》しあい、それぞれに開封《かいふう》を始める。

「町野さんがくれたのは……あ、マフラーだ」

「二反田《にたんだ》のは、かわいい飾《かざ》りのついたヘアゴム……が五点」

「女友だちへのプレゼントなんて、大人になったら関係性とか個人の趣味《しゅみ》に配慮《はいりょ》して消耗品《しょうもうひん》しか贈《おく》れなくなるから、高校生のうちに選ぶ楽しさを味わっとけって、識者が」

「二反田《にたんだ》っていっつも寒そうにしてるのに、マフラーしてるの見たことないから」

「たまたま機会がなくて、一度も巻いたことがないんだ。その意味でもうれしいかも」

「飾《かざ》りの一個一個が意外とセンスいい。さすが妖怪《ようかい》ポニテ観察」

「喜ばれている気がしない」

「体育会系だから、体で表現してあげるよ」

町野さんがこちらを向いて、ゆっくりと顔を近づけてくる。

思わず目を閉じた瞬間《しゅんかん》、体がやわらかく包まれた。

「ハ……グ……さ……れ？」

耳にかかる吐息《といき》がくすぐったく、それ以上の言葉が出てこない。

「二反田《にたんだ》も、ぎゅってしてよ」

「う、うん」

僕はこくこくとうなずき、町野さんの背中に腕《うで》を回した。

「ありがとね、二反田《にたんだ》。ヘアゴム、おばあちゃんになるまで使うね」

「う、うん」

僕はまた、赤べこのように首だけを動かす。

「二反田《にたんだ》も、なにか言ってよ」

「あった、かい」

「語彙力《ごいりょく》、殺しちゃったかー」

耳元にくすくすと笑う声が聞こえたけれど、僕はやっぱりなにも言えなかった。

#SIDE　安楽寝伊緒《あらくねいお》　～アホメガネがくる！～

クリスマスは家族ですごすものと、相場が決まってる。

雪出もそうすると言っていた。伊緒《いお》も同意見だから今日は家にいる。

だから町野は裏切り者ということで、ＬＩＮＥでこんな文を送ってやった。

『電車の中で無音のスマホゲー遊んでるときに音が出るタイプのエロ広告流れろ』

『似たような呪《のろ》い、いまからデートする相手にかけようとしたことあるｗ』

『のろけウザ』

『イオちゃんだって、リョーマと会えばいいのに』

『何回言わせんだ。アホメガネとはそういうんじゃねー』

『わたしだって、二反田《にたんだ》とはそういうんじゃねー』

それはそう、と思ってしまう。

陰《いん》キャはひな鳥みたいなもので、最初に優《やさ》しくしてくれた人を好きになる。二反田《にたんだ》はソウルメイトだからわかるけれど、あいつは町野しか見ていない。

一方で町野は、顔はいいわ、性格はいいわ、おもしれー女だわで、恋愛リアリティショーに出たら参加者はもちろん、視聴者《しちょうしゃ》人気まで獲得《かくとく》するタイプだ。

二反田《にたんだ》のことを気に入ってはいるみたいだけれど、ほかの選択肢《せんたくし》も無限にある。

『たしかに二反田《にたんだ》と町野は、元カレと元カノみたいな安心感ある』

仲はいいのに、絶対につきあわない。そんな空気を感じてしまうのは、二反田《にたんだ》が、あるいは町野も、けっこうなチキンだからかもしれない。

まあ伊緒《いお》はどっちもダチだから、正直このままでいてほしさはある。

『でもクリスマスだしねー。ワンチャンあるかもよ？』

『あるのかよ！』

『ごめん、イオちゃん。もうお店着く。明日のクリパでね！』

いまごろ町野は、二反田《にたんだ》の頬《ほお》に指をめりこませているだろう。伊緒《いお》もよくやられる。

「……そうだ。明日の女子会用に、お菓子《かし》買っとかないと」

まずメガネをはずしてコンタクトに。推《お》しキャラグッズのぺらいパーカーから、ヒョウ柄《がら》のジャージに着替《きが》える。最後に玄関《げんかん》で黒マスクをして、鬼帝《きてい》ちゃんのサンダルを履《は》く。

「ママー。伊緒《いお》、出かけてくるー。ドンキねー。一時間で戻《もど》るー」

リビングに向かって声をかけ、足下《あしもと》の寒さを我慢《がまん》しながらいざ外へ。

「いってきま……ひぃぃぃぃぃい！」

全力で女子の悲鳴、出た。

だって門の前に、サンタクロースが立っていたから。

「メリークリスマスだ。安楽寝伊緒《あらくねいお》」

黒フレームのメガネを指で押し上げ、アホメガネが殺し屋みたいに立っている。

「メリクリじゃねえ！ LINE教えただろ！ ストーカーみたいなのやめろ！」

「ストーカーじゃない。いまピンポンを押そうとしていたところだ」

「くっ……疑って悪かったな。つーか、あーしになんの用だアホメガネ」

「ぼくはモテたくて調理部に入った。顔がいいから、たいそうモテた。けれどぼくは、調理部をやめようとしていた」

むかつくけれど、たしかにアホメガネの顔は整っている。ルックスだけなら御曹司《おんぞうし》だ。

「モテたのは最初だけで、アホバレしたからだろ」

「安楽寝伊緒《あらくねいお》。きみに出会ったからだ」

「……きゅん……違っ！ いまのは瞳孔《どうこう》が縮んだ音だ！」

「初めてぼくが声をかけたときも、いまのようにつむじまで赤くなっていたな」

「やっ、やめろバカ！ 髪《かみ》が赤いだけだ！」

マスクのままくしゃみをしたら、うっかり鼻水が出たときだった。校舎の陰《かげ》でマスクを交換《こうかん》しようとして、こいつに素顔《すがお》がバレた。こんなガンギマリ気味の三白眼で鼻を垂らした伊緒《いお》を見て、このアホメガネは「ひと目ぼれを信じるか？」とほざいた。

「おかしいな。ぼくは安楽寝伊緒《あらくねいお》のことは忘れない。あのときは金髪《きんぱつ》だったはずだ」

「アホのくせに揚《あ》げ足《あし》取んな！」

「安楽寝伊緒《あらくねいお》。今日までぼくに、勉強を教えてくれてありがとう」

「……それは別にいい。教えるのも、あーしの勉強になる」

「おかげで期末テストは、赤点が四つだった」

「教えがいゼロか！　あんなに図書室でつきあってやったのに……」

「感謝の印にケーキを作ったんで食べてくれ。味はともかく、見た目には自信がある」

「インスタ専用だそれ！」

「今日くらいは言葉の封印《ふういん》を解こう。メリークリスマス、愛《いと》しい人」

アホメガネが、ケーキの箱を差し出してきた。

「……やめて。本当に好きになる。ただでさえ、ひな鳥が最初に見た相手なのに……」

「ふむ。こういうときは聞こえないふりをしろと、二反田《にたんだ》くんが言っていたな」

「あンの、シャバ僧《ぞう》……！」

「冬休みも調理部に出て、がんばって作ったケーキだ。受け取ってくれ」

「赤点補習のついでだろ。ちなみにどんなケーキだ」

「ブッシュドのLだ。Mのほうがよかったか？」

「……覚えとけ、アホメガネ。『ブッシュドノエル』だ。よこせ」

そんなに凝《こ》ったものを作ったなら、見るくらいはしてやってもいい。

「ぼくが今日まで調理部をやめなかったのは、引き留められたからだ。顔がいいから目の保養になるのだろう。『隅《すみ》でじっとしててね』と厚遇《こうぐう》されている」

「厚遇《こうぐう》じゃなくて懇願《こんがん》だろ！　……いま、軽くイラッとした……まさか嫉妬《しっと》……？」

「ふむ。安楽寝伊緒《あらくねいお》は、ぼくを好きになりかけているな」

「聞こえないふりはどうしたぁ！」

「聞こえないふりと言えば、安楽寝伊緒《あらくねいお》。家では自分を『伊緒《いお》』と呼ぶのか」

「なっ、おまっ！　やっぱストーカーしてやがったな！」

「そう涙目《なみだめ》になるな。安心しろ。誰《だれ》にも言わない。ただし条件がある」

「どの口が言ってる！　ストーカーだけ聞こえないふりすんな！」

「ぼくにもクリスマスプレゼントをくれ。名前で呼びたい。かまわないだろう、伊緒《いお》」

「や……やめ……」

「どうした伊緒《いお》。つむじまで赤いぞ伊緒《いお》。かわいいぞ伊緒《いお》。なぜ『ぷしゅう』とへたりこんだ伊緒《いお》。大丈夫《だいじょうぶ》か伊緒《いお》。大好きだ伊緒《いお》」

そこから先は記憶《きおく》が曖昧《あいまい》だが、ブッシュドのＬがまずかったことだけは覚えている。

#28 五反田《ごたんだ》が友だちの町野さん

八木に誘《さそ》われて、近所の神社へ参拝にきている。

冬休みというか三が日なので、神前までは大渋滞《だいじゅうたい》していた。

とはいえ友人たちとしゃべっていると、さほど退屈《たいくつ》せずに列が進んでいく。

「しっかし、むちゃくちゃ人いるなー。犬はいねーのに」

八木はアフロカットのトイプーみたいな髪型《かみがた》だからか、犬を愛していた。

「連れてくるわけにはいかないし、犬は優雅《ゆうが》にお留守番じゃないかな」

「ペスの気ままな朝だ」

「シェフの気まぐれサラダみたいに」

「二反田《にたんだ》、順番がきたぞ。正しい作法を教えてくれ」

「二礼二拍手《はくしゅ》一礼だ、八木元気」

僕より先に、坂本くんが答えた。

「おいリョーマ、本当か？　アホのくせになぜ詳《くわ》しい」

「伊緒《いお》が教えてくれた。彼女から聞いたことは忘れない」

その手の作法はオタクの一般《いっぱん》教養なので、安楽寝《あらくね》さんなら履修《りしゅう》ずみだろう。

さておき坂本くんはいつの間に、フルネームから「伊緒《いお》」と呼びかたを変えたのか。

「二反田《にたんだ》は、なにを願ったんだ？」

「『昨年に引き続き、今年も諸々《もろもろ》よろしくお願いします』」

「ビジネスメールの結びかよ！　そんなの絶対、神の目に留まらないぞ」

「じゃあ八木は、どんなよからぬことを願ったの」

「よかるわ！　雪出さんの健康一択《いったく》に決まってる」

「おお……よかるね。坂本くんは？」

「学年末テストで平均点を取らせてくれ、だ。ぼくもみんなと二年生になりたい」

「切実だね……今度みんなで勉強会しよう」

などと言いつつ、僕は内心ばつが悪かった。

神前で祈《いの》った内容が、本当は「今年も町野さんと仲よくできますように」だったから。

「とりあえず、ファミレスでも行くかー」

「八木は雪出さんと会ったりしなくていいの？　貴重な冬休みなのに」

自分だけよからぬことを願ってしまったので、仲間を増やすように聞いてしまう。

「あのなあ、二反田《にたんだ》。俺は雪出さんと、つきあってるわけじゃねーぞ」

「でもほら、お互《たが》い好き同士なわけだし」

「ばあちゃんみたいな価値観だな。リョーマは安楽寝《あらくね》と会うのか？」

「会わない。冬休みにうんとさびしがらせて、三学期に再会メロンメロン作戦だ」

「平均点が心配になるネーミングだね……」

「どうやら二反田《にたんだ》は、恋《こい》バナをご所望《しょもう》みたいだな。とりあえず、店に入ろうぜ」

八木がスマホで整理券を取得したので、僕たちは近場のファミレスに向かった。


「最初に聞こう。二反田《にたんだ》は、町野さんとどうなってるんだ」

食事を終えてしばらくすると、八木が聞いてくる。

「どうって言われても」

「クリスマスにデートして、そのイカしたマフラーもらったんだろ？　着実にステップを踏《ふ》んでるじゃねーか。ギャルゲの主人公か」

「待ちあわせで『すれ違《ちが》いイベント』とかなかったよ。男女間でも友情はあるし」

「もちろんあるさ。お互《たが》いが友情を明言している場合はな」

「僕たちはお互《たが》いに言いあってるよ」

「『言いあってた』だろ。人は変わる。いまの二反田《にたんだ》は、恋愛《れんあい》感情があるだろ？」

「それは恋愛《れんあい》の定義によるかな」

「『二反田《にたんだ》は、スノッブなんだ』」

ふいに坂本くんが、僕を呼び捨てにした。

「『あいつは芸歴二年目の尖《とが》り散らかしたコント師みたいに、ネットミームやメタ視点で、ハイコンテクストな物言いをするだろ？　あれは自分が世間に受け入れられなかった際に、教養バフで精神ダメージを無効化するためだ。だから他人に対して一線を引いてるし、俯瞰《ふかん》でものを見るくせが染《し》みついてる。町野さんと僕じゃあ釣《つ》りあいが取れないよね、なんて、シャバい逃《に》げ道《みち》を確保して、湧《わ》き上《あ》がる感情はすべてクッキー缶《かん》に封印《ふういん》する。あいつは半径五メートルの人間関係で男女がくっつく「普通《ふつう》の現実」に自分を当てはめられない社不《しゃふ》――社会不適合者なんだよ。そういう意味では、あーしの顔が好きっていうアホメガネのほうが、悪趣味《あくしゅみ》キャラを演じる中坊《ちゅうぼう》みたいで、まだかわいげはある』……と、ぼくは伊緒《いお》に言われた。言葉の意味が一個もわからないが、脈があるってことか？」

メガネをスチャッとする坂本くんの前で、僕はうなだれるしかない。

「脈はともかく……踏《ふ》み台《だい》として役に立てたようでよかったよ……」

「で。それを踏《ふ》まえてどうなんだ、二反田《にたんだ》」

八木が松ぼっくり頭を左右に振《ふ》り、にやにやと聞いてくる。

ぼっちは話しかけてくれたら誰《だれ》だって好きになる。それが町野さんみたいな人ならなおさらだ。一緒《いっしょ》にいるとドキドキするし、缶《かん》に封《ふう》じた感情もあると思う。

でも僕が静観しているのは、自分を俯瞰《ふかん》しているからじゃない。

「みんなが知ってる『ドミノ倒《たお》し』は、並べている時間の楽しさの半分もないんだ」

部室で町野さんとすごす楽しい時間は、「いま」と「いまの関係」を条件にした期間限定イベントだと思う。ドミノも時間も人との関係も、一度動けば不可逆だ。

「わかるが、ドミノでたとえるのはだいぶキモいな」

八木は笑ったけれど、坂本くんは眉《まゆ》をひそめる。

「二反田《にたんだ》くん。その場合、町野硯《すずり》の気持ちはどうなるんだ」

「どうって……」

「しゃーないな。俺がクリスマスに雪出邸《てい》のホームパーティーに呼ばれた話をしてやるか」

八木が珍《めずら》しく自分から話したので、僕と坂本くんは身を乗りだす。

「向こうのご両親は、俺が娘《むすめ》のステディなボーイフレンドだと思っているようだった。要するに、雪出さんが外堀《そとぼり》を埋《う》めようとしたってことさ。だから俺も、その場ではそういう風に振《ふ》る舞《ま》った。ミスター・雪出に、娘《むすめ》をプロムに誘《さそ》う許可を取ったりな」

「いろいろ欧米《おうべい》すぎるし、うちの学校に卒業ダンスパーティーとかないよ」

「安楽寝《あらくね》がリョーマに、脈をほのめかしたのと同じだ。いまの関係がちょうどいい。その思いはお互《たが》いにあっても、先の不安はある。俺も安楽寝《あらくね》も二反田《にたんだ》も、チキンだからすぐに彼氏《かれし》彼女の関係にクラスチェンジはできないだろ？　しかしそこへ向かってはいるんですという、未来の希望みたいなものは伝えたほうがいいんじゃないか」

八木が口にした「未来」という言葉に、僕は夏休みの花火を思いだした。

「だが八木元気。伊緒《いお》は、『べっ、別にアホメガネのことをかわいいって言ったわけじゃねーからなっ！』と言っていたぞ」

「リョーマにぴったりの恋愛《れんあい》古文書がある。ラノベっていうんだが——」

八木の言葉を打ち消すように、店内にかしましい声が聞こえてくる。

「海賊《かいぞく》かと思ったら、うちのクラスのギャルどもじゃねーか。しかもおい、二反田《にたんだ》」

クラスの上位グループとして君臨している、ショート動画を撮《と》るタイプの人々。そこにはやはりと言うべく、町野さんもいる。

「……いまギャルと目があったのに、気づかれなかったぞ。さすがだな、俺ら」

四人はついたてで区切られた、僕たちの反対側の席に座《すわ》った。

「二反田《にたんだ》くん。どうやら向こうも、恋《こい》バナナのようだぞ」

早くも聞き耳を立てている坂本くんに、僕もエアメガネスチャで応じた。

「こうさー、バイタルエリアにさっと入られて、即座《そくざ》にゴラッソみたいな？　うちのしゅきぴは、ボールも言葉もこねないんだよね」

「パピ子ちゃんの新しいすきぴ、サッカー部なんだね」

「まちのんは？　けっこうあちこちの男に、ゲーゲンプレスされてるっしょ？」

「されてないよ。モテなさすぎて、ドミノ動画とか見てるよ」

「終わってんねー。つかあのオタクくんは？　ほら、文化祭のときの……品川《しながわ》？」

「五反田《ごたんだ》ぁ！　違《ちが》う、二反田《にたんだ》ぁ！」

町野さんが僕の名前で、爆笑《ばくしょう》をかっさらう。

「草超《こ》えてジュラ紀！　で、五反田《ごたんだ》はどうなん？　第三キーパーみたいな扱《あつか》い？」

「五反田《ごたんだ》言うなし。パピちゃんのたとえはさっぱりだけど、二反田《にたんだ》は友だちだよ」

「からのー？」

町野さんが「からのー？」を受けて口を開く前に、僕は席を立った。

「二反田《にたんだ》くんは本当に、『社不で気弱なチキン』だな」

坂本くんがメガネをスチャり、にやりと笑って席を立つ。

「『シェフの気まぐれサラダ』の言《い》い換《か》えにしては、ディスが多すぎるよ」

「ツッコんでないで行こうぜ、二反田《にたんだ》。おまえは生粋《きっすい》のネタバレ苦手勢だもんな」

そういう事実はなかったけれど、八木も一緒《いっしょ》に席を立ってくれた。


こうして冬休みは終わり、イベントの多い二学期編が終わった。

相関図で僕から線を引けるキャラも増え、チャレンジや失敗もあったと思う。

「尺的に一瞬《いっしゅん》で終わりそうな三学期編。僕は『未来』にどう立ち向かうのかな……」

その答えが、まさか未来からやってくるとは思ってもみなかった。

29　ツッコミ待ちの町野さん

冬休み明けのクラスメイトには、夏休みのときほどの変化はなかった。

とはいえ進級、すなわちクラス替《が》えを控《ひか》えていることもあり、歯医者さんで流れている猫《ねこ》とネズミのアニメみたいに、ドタバタしている雰囲気《ふんいき》はある。

「変化って、やっぱり怖《こわ》いもんね。そういう意味だと、僕の焦《あせ》りは少ないかな」

部室の床《ゆか》にドミノを並べながら、僕はしみじみとつぶやいた。

八木や坂本くんと離《はな》れるのはさびしい。けれど一番仲のいい町野さんとは、そもそもクラスで話さない。町野さんはいつだって、僕がいるドミノ部を訪ねてきてくれる。

今日もそろそろ現れるはず――ほら。

「そこのきみ！　いまって西暦《せいれき》何年？」

引き戸を開けて入ってきたのは、コートを羽織ったおさげ髪《がみ》の女子生徒。

顔はいつもの町野さんなのに、別人を装《よそお》いたいのか黒タイツまではいている。

「別の時代からいらっしゃい、町野さん。いまは二〇二五年だよ」

「ナイス過去！　あっ、よく見たら二反田《にたんだ》！」

「未来からきたのに、僕と同世代……？」

「そっかー。この時代はまだ、みんな髪型《かみがた》がヤギボックリじゃないんだね」

「八木の髪型《かみがた》、未来でそんなにはやるの⁉」

「でも安心して。わたしが二反田《にたんだ》を、なんとかしてあげるから」

「えっと……僕は将来、事故にでも遭《あ》うのかな？」

「遭《あ》うのはわたし。いっつも書道教室で、二反田《にたんだ》にダルがらみされてる」

「いまの設定と食い違《ちが》い……きみは町野硯《すずり》さんじゃないの？」

「それはおばあちゃんの旧姓《きゅうせい》。わたしの名前は、『†漆黒《しっこく》のコクワガタ†』」

「未来の命名、多様性を受け入れすぎじゃない？」

「ツッコむところ、そこじゃないでしょ」

「……『旧姓《きゅうせい》』、だね。きみの名前も中二と小二が混じってややこしいけど、たしかに町野さんのセンスが薫ってる。お孫さん、ってことでいいのかな」

「そ。ちなみに二反田《にたんだ》は、おばあちゃんの書道教室の生徒ね」

「町野さんがおばあちゃんということは、僕もおじいちゃんだよね？」

「うん。いっつもほかの生徒さんに、『ワシゃあ中学時代、ドミノのデザイン部門で入賞したんじゃ』って、あさってのマウント取ってるよ」

「一番なりたくなかった自分！」

そりゃあ孫世代の女の子に、呼び捨てにされても無理はない。

「あと七十代なのに、『ワシゃ早く百二十歳になりたい』とか言ってる」

「すがってる……前に町野さんが言った、『百二十歳まで独身だったら再婚《さいこん》してあげる』って言葉に、六十年後もしがみついてるんだ……」

未来の僕は独身で、見事な老害になっている。

一方で町野さんは苦手なはずの書道を教える先生で、結婚《けっこん》して孫までいる。

それはコントの設定でしかないのに、僕にじんわりといやな汗《あせ》をかかせた。

「二反田《にたんだ》があんなことになっちゃったのって、青春時代に悔《く》いがあったからでしょ？」

「そうなのかな。いまのところは、順風満帆《まんぱん》だけど」

「あれだね。二反田《にたんだ》って、フラれたことないでしょう？」

「それは……ないけど」

「人は誰《だれ》かに自分を否定されて初めて、安全地帯の外へと踏《ふ》みだせるんだよ。安全地帯っていうのは、地元とか、いつメンとか、そういう居心地《いごこち》のいい場所ね」

「言いたいことはわかるけど、安地から出るのはマストじゃないよね？」

町野さんは、宿屋の女将《おかみ》さんを好きになる勇者もいると言っていた。いつも変わらぬ安心を求めているからこそ、この部室も気に入ってくれている。

「おばあちゃんは安全地帯の外の人だよ。この部室を気に入っていても、『外』で影響《えいきょう》を受ければ変わっていく。絶対に、『いなくならない』わけじゃないよ」

みなが変化を恐《おそ》れるこの時期に、僕だけは安穏《あんのん》としていた。町野さんはずっと一緒《いっしょ》にいるわけじゃないけれど、『いなくならない』と明言してくれたから。

けれど世界を冒険《ぼうけん》している町野さんは、いろいろな経験を積んでいく。僕には見えない景色を見て、僕にはない魅力《みりょく》を持った人に会い、心を動かし、動かされていく。

「『†漆黒《しっこく》のコクワガタ†』さんに聞きたいんだけど――」

「律儀《りちぎ》にフルで言わなくても、名前は『†コクワちゃん＠ボイス販売中《はんばい》†』でいいよ」

「余計に長いし、したたかだし」

「二反田《にたんだ》ってさー、女の子のこと名前で呼べないでしょ。小学生の頃《ころ》に女子に話しかけるときは、『町野っていうひとー』みたいなキモい二人称《ににんしょう》使ってたでしょ」

「つるぁい！」

「卓球《たっきゅう》でスマッシュ決めたときみたいな雄叫《おたけ》び」

「コクワさんが、小学生時代の黒歴史を掘《ほ》り返《かえ》すから……」

「七十代でもやってるけど」

「つるぁい！」

「腹から出てるねー。で、なんだっけ？」

「未来の僕は、変わっていく町野さんをこの部室で待ち続けたのか聞きたくて」

「そこまでは知らないよ。わたしは頼《たの》まれて、二反田《にたんだ》を否定しにきただけ」

「それを頼《たの》んだのは……僕なんだね」

町野さんと同じ顔のコクワさんが、無言でうなずいた。

その未来は、僕がずっと抱《かか》えていた不安が顕在化《けんざいか》したものだろうか。

町野さんは主人公だから、陽《よう》キャだから、リア充《じゅう》だから、体育会系だから——。

僕とは違《ちが》う人だから、いつかはきっといなくなる。わかっていれば傷つかない。

町野さんが「いなくならない」と言ってくれ、僕は「ずっと部室にいます」と返した。

それは町野さんを信じたわけではなく、そうする以外の選択肢《せんたくし》がなかったから——。

「……違《ちが》う！　それが安全地帯から出ずにすむ、一番楽な方法だったからだ」

「おー。シリアスなモノローグを経て、主人公が覚醒《かくせい》するイベント？」

コクワさんがお下《さ》げ髪《がみ》を揺《ゆ》らして、目を輝《かがや》かせている。

「僕の座右《ざゆう》の銘《めい》は、『ノーゲイン・ノーペイン』なんだ……」

「手に入れなければ傷つかない……過去にトラウマがある感じ？」

「寝《ね》る前に『うっ』ってなるのはいっぱいあるけど、トラウマってほどでは」

「ま、そんなもんだよね。一度も傷ついたことがないからこそ、傷つくことを過度に恐《おそ》れるんだよ。この時代の人は特に、失敗例をいやというほど学習させられるし」

なにも失わず、なにも得られない人生を送る。そんな僕は「得る機会を失っている」ことに気づかず、ノーダメージをこじらせてマウントじじいになっていく——。

「でも、二反田《にたんだ》はまだ十六歳！　いまが人生で一番若いっ！」

コクワさんが山場を作るみたいに、びしっと僕に指をつきつけた。

「……そうだね。ありがとう、コクワさん。僕は安全地帯から外に出てみるよ」

「いいね。具体的にはどうするの？」

「やっぱり……町野さんに気持ちを伝えるしかないと思う。僕はずっと前から――」

「待って待って！　わたしそこまで期待してないよ！」

なぜか顔を赤くして、町野さんと同じ顔のコクワさんが慌《あわ》てている。

「なんで僕の話に、コクワさんの期待が関係するの」

「あ、いや、わたしじゃなくて、おばあちゃんね。たぶんこの時代のおばあちゃんは、二反田《にたんだ》とちょっとした気持ちを、共有したかったんじゃない？」

「いや、待てよ……僕が気持ちを伝えると、タイムパラドックスが生じる懸念《けねん》が……」

「わたしの話、聞いてた？」

「そうか……さっき山場シーンがあったのは、コクワさんが一話のみで消えるゲストキャラだからだ……存在が消えたあとに回想して、泣かせるための演出だったんだ……」

「大丈夫《だいじょうぶ》だよ。また会えるよ。髪型違《かみがたちが》うだけだし、タイツもはいてあげるよ」

「――コクワさんが消えるかもしれない。悩《なや》んだ末に僕は……」

「あーもう、脳内で選択肢《せんたくし》のカーソル動かしてる。撤収《てっしゅう》しよ」

気がつくと、僕の前からコクワさんは消えていた――。

数分後、なにごともなかったかのように再び部室のドアが開く。

「聞いて、二反田《にたんだ》。このちくわ、『さらにおいしくなって新登場！』だって」

ジャージの上、ポニーテール、スポーツバッグの斜《なな》めがけ。

口にちくわをくわえた町野さんは、いつも以上に町野さんだった。

「いらっしゃい、町野さん。それ、『量が減って値上げしました』の意味だよ」

「もう拳《こぶし》以外、なにも信じぬ……！」

「いきなりでなんだけど、僕は町野さんに言いたいことがあるんだ」

「どしたの二反田《にたんだ》。急にあらたまって」

珍《めずら》しくかわいい嚙《か》みかたをした町野さんに、僕は思いを告げる。

「僕はまた、町野さんと同じクラスになりたいです。この部室で会えるけど、それでも」

それをいま伝えることで、未来はきっと変わるのだと思う。

事象は変わらないとしても、僕の心が変わる。

「……あー、びっくりした。コクられるかと思った」

町野さんが胸に手を当て、大きく息を吐《は》いた。

「そんなことしたら、コクワさんが消えちゃうし」

町野さんの口が、「ω」の形になる。

「二反田《にたんだ》、そんなに黒タイツが好きだったの？」

「今回はなんていうか、シリアスコントだったね」

「生足派かー。でもよかった。二反田《にたんだ》も同じことを思ってくれてて」

「二年は修学旅行もあるし。一緒《いっしょ》に回れたら楽しいだろうから」

いまの僕にとって、安全地帯から踏《ふ》みだせるのはこれが精一杯《せいいっぱい》。

人類から見れば小さな一歩でも、僕にとっては偉大《いだい》な飛躍《ひやく》だと思う。

「でも二反田《にたんだ》、パピちゃんとか苦手でしょ」

「……新しいすきぴが、ドミナーになることを祈《いの》るよ」

「みんな聞いてー！　二反田《にたんだ》、パピちゃんが好きなんだってー！」

「僕以外にもドミナーはいるよ！」

寄せては返すの言葉尻《ことばじり》。恋《こい》も他愛もない会話。

あの日の海の夕暮れのように、僕たちは益体《やくたい》もないおしゃべりを続ける。

「今日はなんか、いつもよりも長くしゃべってる気がしない？」

「たまにある、エンディングテーマにCパートがかぶる回なんだよ」

「『百二十歳まで独身だったら再婚《さいこん》』の件だけど、『三年後にお互《たが》い彼氏《かれし》彼女がいなかったらつきあう』にしよっか」

町野さんは素知らぬ顔で「ぴゅふー」と口笛を吹《ふ》き、僕のツッコミを待っている。

頬《ほお》が熱い。胸も熱い。なぜだか目頭《めがしら》も熱い——から。

「配信だとCパート飛ばされがちだから、言ってもバレまいって顔してるけど！　あとシンプルに口笛が下手！」

ツッコミでごまかすと、町野さんの口がいつもの「ω」になった。

「じゃ、そろそろ部活に行くね」

町野さんがくるりとターンして、ポニーテールがふわりと揺《ゆ》れる。

「桜の、花びら……」

それはうなじに張りついた本物ではなく、僕がプレゼントしたヘアゴムだった。

「ここで終われば、『いい最終回だった』って感じだけど……」

僕はベッドに寝転《ねころ》がって、今日のできごとを思い返していた。

いまはまだ一月で、三学期編は始まったばかり。アニメだったらエピソードタイトルが作品タイトルで回収されるような今日を終えても、僕たちの日常は続いていく。

「それもまた、僕たちらしいかな……」

まるで主人公のようなセリフも言えたし、残りの特典エピソードも楽しんでいこう。

#30　バレンタインが向いてない町野さん

バレンタインデーの放課後、僕は部室の床《ゆか》に正座していた。

「本日もらったチョコ四個を、これからいただきます」

なんとなく言い訳をしておくと、僕は人生で母親以外からチョコをもらったことがない。

そういう人間は、決して僕だけではないだろう。様々な理由から、チョコの持ちこみを禁止している学校は多い。僕のところはそうだった。

(二反田《にたんだ》、知らないの？　みんなこっそり持ちこんで受《う》け渡《わた》ししてるよ？　ぷぷー)

脳内で煽《あお》ってくる町野さんの声は無視して、話を進めよう。

僕はゼロチョコのまま進学したわけだけれど、高校生はそれなりに自由だ。

わけても我《わ》が校《こう》はフリーダムで、安楽寝《あらくね》さんみたいな赤い髪《かみ》でも問題ない。先生によっては授業中のプロテイン補給も認めているし、お菓子《かし》の持ちこみなんて当たり前。

つまり、今年のバレンタインは言《い》い逃《のが》れできない。

とはいえ高校生ともなると、本命や義理ではなく、イベントとしてバレンタインを楽しむ層もいる。そんな空気も読めて配慮《はいりょ》もできる女神《めがみ》が、僕に人生初チョコをくれた。

『はいよー。オタクくんにも、おすそわけ』

ギャルのパピ子さんが配布してくれた、四角いチョコの一粒《つぶ》。

二反田《にたんだ》はもちろん、五反田《ごたんだ》でも品川《しながわ》でもない「オタクくん」という呼び名。その時点で僕を個人として認識《にんしき》していないのはわかるけれど、「数」としては勘定《かんじょう》に入れてくれた。

それがどれほどうれしいか、ゼロチョコの民《たみ》ならわかるだろう。

「今日はチロルチョコで救われる命が、たくさんあるんだろうな……」

オタクに優《やさ》しいギャルの実在に感動しつつ、僕はぱくぱくと証拠《しょうこ》隠滅《いんめつ》をはかる。

「ふたつ目とみっつ目は、お徳用パックの『たけのこの里』と『きのこの山』の小袋《こぶくろ》」

これをくれたのは、文化祭のときに初めて話した早川さんと目森さんだ。

あれ以来、朝は「おはよう」と挨拶《あいさつ》をして、帰りも「部活がんばって」と声をかける。

ほかは移動教室の際にしゃべるくらいだけれど、たぶんお互《たが》いが助かっている。

『すまない、二反田《にたんだ》くん。ありあわせだが』

『教室をチョコが飛《と》び交《か》ってるから、私たちもやりたくなったっぽい』

そんな風に渡《わた》してもらったチョコだから、お返しもきちんとしようと思う。

「同じもので、冬季限定のホワイトチョコにしようかな。早川さんが『たけのこ』で、目森さんが『きのこ』。間違《まちが》えると戦争になるからメモしておこう」

スマホに入力しつつ、平和主義者の僕はどちらもおいしくいただいた。

「最後は雪出さんの手作りトリュフ……めちゃめちゃおいしい……おいしいけど……」

八木のおこぼれであることは否《いな》めない。

『二反田《にたんだ》サン、ドゾ。八木サンが子ども舌だから、かなり甘めですケド』

もらえるだけうれしくはあるけれど、脳裏《のうり》に揺《ゆ》れる松ぼっくりもちらつく。

「幸せならOKです……」

サムズアップしながら嫉妬《しっと》を抑えこみ、僕はすべてのチョコを食べ終えた。

「安楽寝《あらくね》さんがくれないのは当然だけど、坂本くんにはあげたのかな」

つぶやきながらチョコの包装紙を処分していると、ふいに部室の引き戸が開いた。

「二反田《にたんだ》、ちょっと相談に乗ってよ」

現れたのは、制服のスカートにジャージを羽織ったポニーテールの女子生徒。

「い、いらっしゃい、町野さん。相談なんて珍《めずら》しいね」

「今日って、バレンタインデーでしょ。二反田《にたんだ》はチョコもらった？」

「ももも、もらってないけど」

「ふーん……」

町野さんが真偽《しんぎ》を審議《しんぎ》する半目で、僕の顔面を凝視《ぎょうし》する。

僕がチョコをもらったと言えば、町野さんは「じゃ、わたしからはいらないね」と、すねるかもしれない。町野さんは優《やさ》しいから最終的にはもらえると思うけれど、できれば気分よくいてほしい。そんな思いで、僕はチョコを隠蔽《いんぺい》したのだった。

「ほ、本当だよ。まつげ伸《の》びてないでしょ」

「……ま、いっか。わたしね、チョコをあげたい男の子がいるんだよ」

「う、うん」

「でもその人は、わたしからチョコをもらえるとは思ってないんだよね」

「うん？」

「だから渡《わた》すタイミングを考えてたら、こんな時間になっちゃって」

「……うん」

「彼はもう部活に出てるし、どうすればいいと思う？」

落ち着け、落ち着け僕。これは町野さん流の駆《か》け引《ひ》きだ。

だって一応は、僕も条件に当てはまっている。重要なのは、ここからの返しだ。

「なるほど。じゃあちょっとだけ、呼びだしてみるとか？」

「今日それをやると、絶対チョコだって意識しちゃうでしょ？　できればサプライズで、驚《おどろ》く顔が見たいんだよねー」

サプライズを話される時点で、相手が僕ではないことが確定した。

考えてみれば当たり前だ。「三年後にお互《たが》い相手がいなかったらつきあう」なんて話をしても、それまでなにもしないとは言ってない。

「そう……だね。彼はきっと、緊張《きんちょう》の面持《おもも》ちだろうね……」

チョコをもらえると自惚《うぬぼ》れていた恥《は》ずかしさで、僕はただの感想しか言えない。

「でも正直さー、受け取ってもらえる自信がないんだよね」

「町野さんからチョコをもらって、拒《こば》む人なんていないよ……」

「だってその人、すっごいモテるんだよ。女の子に平気でうそつくし」

町野さんと釣《つ》りあいが取れるのは、やっぱりそういう「持てる者」――。

違《ちが》う！　違《ちが》うだろ、僕！　『そんなやつやめて、俺にしとけよ』って、痛そうに首を押さえながら、イケメンセリフを吐息《といき》多めで言え！

「そんなやつ……………も、町野さんからチョコをもらったら一途《いちず》になるかも」

そう。僕は社不で気弱なチキン。どんな困難にだって、立ち向かわずにここまできた。

「じゃあこれ、受け取ってくれる？」

ジャージのポケットからハート形の箱を出し、僕に差しだす町野さん。

「ふえぇっ⁉」

驚《おどろ》きのあまり、男が出すと一番気色悪いタイプの声が放たれる。

町野さんの口は一瞬《いっしゅん》「ω」になったものの、すぐにジト目で僕を射貫《いぬ》いた。

「四人からチョコをもらう『モテんだくん』は、わたしのなんていりませんかそうですか」

「いる！　いります！」

「じゃあいますぐ食べて。四人のを食べておいて、わたしのだけ残すとかないよね？」

「ぜんぶバレてたんだ……」

「普通《ふつう》に教室で見てたし。この部屋、甘い匂《にお》いするし。どう、ヤミー？」

「や、ヤミーです。本当に、手作りで、優勝です」

「ベニちゃんと、トリュフかぶっちゃってごめんね？　でも余さず食べてね？」

町野さんのヤンデレシーンは貴重だけれど、目がバキバキすぎて怖《こわ》い。

「か、必ず食べきります。なのでその、いつもの笑顔《えがお》を……」

「じゃあ今後は、うそつくのなしね。わたしに気を使うの禁止」

「……心から反省しました。ホワイトデーもがんばらせていただきます」

「ならよし。結果的にサプライズもできたから、満足は満足」

今度こそしっかり口が「ω」になったので、ご機嫌《きげん》を直していただけた模様。

「それにしても、本当にこのチョコおいしいね」

「まあお祭しの通り、作ったの九割お父さんだしね」

「ぜんぜんお祭し通ってないよ！」

「わたしも夜の七時から気合い入れて作ってたんだけど、睡魔《すいま》には勝てなくてさー」

「夜通しがんばってくれた、その気持ちだけで十分です」

「それで十二時間寝《ね》て起きたら、チョコが完成しててお父さんが死んでた」

「町野さんががんばってないのはともかく、どういう状況《じょうきょう》？」

「食卓《しょくたく》に伏《ふ》したお父さんの指先に、『これを彼に@徹夜《てつや》明けのパパ』ってチョコ文字が」

「ダイニングメッセージ……！」

ホワイトデーのお返しは、中年男性の好みも考慮《こうりょ》すべきだろうか。

「だから来年のバレンタインは、二反田《にたんだ》がチョコ作ってよ。それをわたしがあげるから」

「それただの自給自足ロンダリングだよ」

「わたしだって作りたいけどー。『がさつ』とお菓子《かし》作りは、相性《あいしょう》悪いんだもん」

町野さんが不服そうに、口を「3」の形にする。

「……わかりました。僕も得意じゃないけど、来年はがんばってみます」

「代わりにホワイトデーは、わたしがマシュマロ焼いてあげるよ。たき火で」

「ちょっといいかも。でもあれ、けっこうすぐに焦《こ》げるらしいよ」

「じゃあ、ちくわの中に詰《つ》めよう」

「それは……いや、あまじょっぱ系として案外ありかも……？」

僕の反応で、町野さんの「3」が「ω」になった。

「ためしてみよ。いっそ来月にでも」

いつも町野さんが素敵《すてき》な店に連れていってくれるので、今度こそ僕ががんばろうと思う。

#31　ちくマロを堪能《たんのう》する町野さん

　一時のブームのおかげで、ネットにはキャンプ情報が多い。

　調べてみると駅から徒歩でいけるキャンプ場や、百均グッズの活用など、高校生でも手軽にたき火ができることがわかったので、しっかり準備を整えた三月の半ば。

「二反田《にたんだ》、大丈夫《だいじょうぶ》そ？」

　川沿いのキャンプサイトでへばった僕を、町野さんが上からのぞきこんできた。

　登山用のアウターに、白いニットキャップとガチめのブーツがさまになっている。

「ごめん、町野さん。荷物を担《かつ》いでの移動が、思ってた以上にきつくて」

「コロッケが異常に値崩《ねくず》れ？」

「聞き間違《まちが》いが空腹すぎる！　急いで準備するよ」

　とはいえテントなどはなく、ビニールシートにチェアとたき火台で準備は完了《かんりょう》。炭や薪《たきぎ》まで百円ショップでそろうのは、おこづかい民にはありがたい限り。

「二反田《にたんだ》。ホットサンドメーカー持ってきたけど、どうすればいい？　素振《すぶ》り？」

「今回は普通《ふつう》に使おうね。さっきコンビニで買った、肉まんとあんまんを焼くよ」

　パチパチと、火もいい感じに燃えている。

バターを塗《ぬ》って中華《ちゅうか》まんを並べたホットサンドメーカーを、五徳の上に置いた。

火力が強いので、こまめに中を見て数分で完成。

「めっちゃいい匂《にお》いだし、めっちゃおいしそうな断面」

きつね色に焼けた中華《ちゅうか》まんをカットすると、町野さんの口が開きっぱなしになる。

「けっこう上手に焼けた気がする。どうぞ、召《め》し上《あ》がれ」

「……んー！」

「食レポがいらないくらい、おいしそうな顔」

ただ焼いただけの肉まんとあんまんがおいしいのは、もちろん環境《かんきょう》のおかげだ。

けれど自分がほめられたようでうれしくて、僕はどんどん手を動かす。

「パプリカを焼いて、たき火で焦《こ》げ目《め》もつけたよ。バーニャカウダソースで召《め》し上《あ》がれ」

「ほー！　これ、ほー！」

「こっちは固形燃料放置で作った、サバ缶《かん》の炊《た》きこみごはん。いまネギ散らすね」

「うわー！　これ、うわー！」

「紅茶入れようか。あ、ミルクも砂糖も忘れた。マシュマロで代用できるかな」

「いい！　逆にそういうのいい！」

なにを作っても、町野さんは本当においしそうに食べてくれる。

「女の子が主役のグルメマンガ、増えるわけだよね」

「わたし水泳やめたら、体重倍になると思う」

「僕はおなかが膨《ふく》れればなんでもいいタイプだけど、作るのは楽しいかも」

「そうやって相性《あいしょう》のよさを匂《にお》わせて、二反田《にたんだ》わたしに嫁《とつ》ごうとしてる？」

「自称ドミナーの無職でよければ……カード会計時の店員さんくらいそっぽ向かれた」

ふたりして笑い、爆《は》ぜる炎《ほのお》の前でマシュマロの溶《と》けた紅茶を飲む。

「いよいよ一年も終わりだねえ。二反田《にたんだ》は、高校生活どうだった？」

「気持ちは言葉にしないと伝わらないっていうけど、僕は逆もあると思ってて」

「お。いいこと言いそうな雰囲気《ふんいき》」

「ぜんぶしゃべると誤解されるし、ぐっと我慢《がまん》することで伝わる言葉もあるっていうか。小説でいうところの、『行間を読む』みたいな」

「…………ぜんっぜん、伝わってこないけど？」

「町野さんのおかげで、人生で一番楽しい一年でした！」

僕の言葉に反応し、町野さんが顔のパーツを中央に集めてニシシと笑う。

「わたしも楽しかった！　わたしのおかげで！」

「後半言わないでくれたら、行間読めて幸せだったのに！」

「二反田《にたんだ》が読むべきは空気！　そろそろ、ちくわマシュマロ食べたい！」

そういえば今日の本題はそれだったと、僕は軍手を装備した。

カットしたマシュマロをちくわにねじこんで、金串《かなぐし》に刺《さ》してじわじわとあぶる。

「「では、いただきます」」

マシュマロが溶《と》け出たちくわを半分に切り、ふたりであちちと口へ運んだ。

「……町野さん。これ、けっこうおいしいんじゃない？」

「……うん。絶対ゲテモノだと思って、リアクション準備してたのに」

驚《おどろ》きとうれしさで、目を見張る僕たち。

「最初にマシュマロの甘さがきて、終わったらちくわの塩味《えんみ》って感じかな」

「調和ゼロだねー。でも交互《こうご》に食べる感じが、チョコポテチみたいでクセになる」

なんて笑いつつ「ちくマロ」を堪能《たんのう》していると、日が落ち始めてきた。

「やっぱりまだ、だいぶ寒いね。二反田《にたんだ》、平気？」

「うん。薪《たきぎ》の残りが燃え切ったら、帰《かえ》り支度《じたく》しようか」

「じゃあそれまで、人肌《ひとはだ》であったためてあげるよ」

町野さんがチェアを動かし、僕の肩《かた》に体をくっつけてくる。

「い、一瞬《いっしゅん》であたたまりました」

「寒がりだろ？　遠慮《えんりょ》すんなっしょ。ほら、肩《かた》使え」

僕の首を引き寄せ、自分の肩《かた》に乗せる町野さん。

「……あの、町野さん」

「俺はさ、沖縄《おきなわ》の海を見るたび思うんだ。東京《とうきょう》って町は、くすんでるってな」

「カリスマポエム中に悪いけど、微妙《びみょう》に身長差あるから首が折れそうです」

「わたし、いい病院知ってるよ？」

「できればポキンとなる前に、ワンクッション入ってもらえると」

僕は首を元の位置に戻《もど》した。すると町野さんが「おお！」と手を打ち、僕の肩《かた》に頭を預けてくる。僕は少し首を傾《かたむ》けて、町野さんのニット帽《ぼう》に自分のこめかみをくっつけた。

そうしてしばらく無言のまま、固まった状態で炎《ほのお》を見る。

「……二反田《にたんだ》。なんかドキドキ聞こえてくるんだけど」

「首を労《いたわ》りたかっただけなのに、川べり等間隔《とうかんかく》カップルみたいになっちゃったから」

「恥ずかしついでに、手もつないどく？」

「イヤホンをシェアして音楽聴《き》くのもまだなのに」

「ステップ細かいなー。二反田《にたんだ》、スキンシップ苦手？」

「ディスタンスを気にするよう言われてきたもの」

「二反田《にたんだ》から見ると、わたしってかわいくないのかなー」

「町野さんの『かわいい』の要求頻度《ひんど》、ＹｏｕＴｕｂｅｒのグッドボタン催促《さいそく》レベルに増えてない？」

「それだけ二反田《にたんだ》が、言ってくれないってことでしょ」

「だって友だちなのに、かわいいかわいい言うのは……」

「ほほう。じゃあ友だちじゃなくなったら、毎日言ってくれるの？」

「……今日も町野さんはかわいいです」

僕が言葉に詰まって屈《くっ》したので、町野さんは「ω」の口をしているだろう。

「二反田《にたんだ》の体、煙《けむり》の匂《にお》いがするね。火の番ありがと」

「今日は一応、ホワイトデーのお返しだから」

「チョコ作ったのはお父さんで、わたしはなにもしてないよ」

「出会ってから今日までずっと、人生を照らしてもらってるよ。その笑顔《えがお》で」

このいいかげんな言葉がどう響《ひび》いたのか、町野さんが僕の手を取ってくる。

「二反田《にたんだ》。やっぱ手、つなごっか」

「なんで」

「わかんない！」

きゅるんとした顔で言われ、気がつくと僕は軍手をはずしていた。

すぐにやわらかくあたたかい手が、指の間にすべりこんでくる。

「……町野さん。心肺停止ＲＴＡがスタートしたかも」

「じゃあ完走して感想言って」

「死んだら言えないよ」

「さっきの言葉、すごくうれしかった」

「……おかしい。町野さんは、安楽寝《あらくね》さんみたいにチョロくないはず……いてっ」

「なんで太ももぺちんされたのか、明日まで考えといてください」

「たまに思い出して言いたくなるフレーズ第一位！」

「わたしいまめっちゃ感激してるのに、二反田《にたんだ》は真顔なんだろうなー」

「自分史上、一番キョドってるよ」

「ふーん。たしかめよ」

町野さんが頭を動かし、斜《なな》め下から僕の目をのぞきこんでくる。

「ま、真顔じゃない、でしょ」

僕が恥《は》ずかしさに顔を背《そむ》けようとすると、両手でぺしっと頰《ほお》をはさまれた。

そのまましばらく、お互《たが》いに見つめあう。

「うん。真顔じゃなくて、変な顔」

「悪口は、もっと傷つかないやつにして」

「じゃ、わたしの好きな顔」

「それ悪口なの!?」

町野さんの口が、今日何度目かの「ω」の形になった。

2年目のドミ
町野
続編、今

◉にちょぴん著作リスト

「ツッコミ待ちの町野さん」（電撃文庫）

本書に対するご意見、ご感想をお寄せください。

ファンレターあて先
〒102-8177　東京都千代田区富士見 2-13-3
電撃文庫編集部
「にちょぴん先生」係
「サコ先生」係

読者アンケートにご協力ください!!

アンケートにご回答いただいた方の中から毎月抽選で10名様に「図書カードネットギフト1000円分」をプレゼント!!

二次元コードまたはURLよりアクセスし、
本書専用のパスワードを入力してご回答ください。

https://kdq.jp/dbn/　パスワード　t6yy8

●当選者の発表は賞品の発送をもって代えさせていただきます。
●アンケートプレゼントにご応募いただける期間は、対象商品の初版発行日より12ヶ月間です。
●アンケートプレゼントは、都合により予告なく中止または内容が変更されることがあります。
●サイトにアクセスする際や、登録・メール送信時にかかる通信費はお客様のご負担になります。
●一部対応していない機種があります。
●中学生以下の方は、保護者の方の了承を得てから回答してください。

本書は、「電撃ノベコミ+」に掲載された『ツッコミ待ちの町野さん』を加筆・修正したものです。

この物語はフィクションです。実在の人物・団体等とは一切関係ありません。

電撃文庫

ツッコミ待《ま》ちの町野《まちの》さん

にちょぴん

2025年２月10日　初版発行

発行者　山下直久
発行　株式会社KADOKAWA
〒102-8177　東京都千代田区富士見2-13-3
0570-002-301（ナビダイヤル）
装丁者　荻窪裕司（META＋MANIERA）
印刷　株式会社暁印刷
製本　株式会社暁印刷

ISBN978-4-04-916103-8　C0193　Printed in Japan

電撃文庫　https://dengekibunko.jp/

電撃文庫DIGEST　2月の新刊

発売日2025年2月7日

幼なじみが絶対に負けないラブコメ13 著／二丸修一　イラスト／しぐれうい	群青同盟最大の敵・哲彦と勝負することになった俺たち。そのテーマは告白。俺はこの動画対決で勇気を振り絞って告白する！　黒羽、白草、真理愛、三人とも本当に魅力的な女の子だけど――誰を選ぶかはもう決まった。
とある魔術の禁書目録《インデックス》外典書庫④ 著／鎌池和馬　イラスト／冬川 基、乃木康仁	鎌池和馬デビュー20周年を記念し、アニメ特典小説を文庫化。とある魔術の禁書目録Ⅲ収録『とある科学の超電磁砲SS3』と書き下ろし長編『御坂美琴と食蜂操祈をイチャイチャさせる完全にキレたやり方』を収録。
七つの魔剣が支配するXIV 著／宇野朴人　イラスト／ミユキルリア	誰一人欠けることなく5年生となったオリバーたち剣花団。異端の「律する天の下」の大接近が迫るなか、キンバリー教師たちは防衛のため連合各地へと派遣される。しかし、それは異端の仕組んだ巧妙な罠で――。
ほうかごがかり4 **あかね小学校** 著／甲田学人　イラスト／potg	「知らなかった。わたしたちが、神様の餌だなんて」学校中の教室に棲む、『無名不思議』と呼ばれる名前のない異常存在。ほうかごに呼び出された「あかね小学校」の少年少女は、担当する化け物を観察しその正体を記録するが……。
宮澤くんのあまりにも愚かな恋 著／中西 鼎　イラスト／ぽりごん。	瑠音と付き合うことになった矢先、果南との肉体関係を持ってしまった俺。なんとか問題を解決するつもりだった。果南とは親友同士に戻り、瑠音とは裏表のない恋人に戻る。だが、そううまくいくはずもなく――。
メイクアガール 著者／池田明季哉　原作／安田現象・Xenotoon 監修・イラスト／安田現象	SNS総フォロワー600万超えのアニメーション作家・安田現象が贈る、人の心がわからない科学少年“明”と、人の心が芽生えはじめた人造少女“0号”が織りなす超新感覚サイバーラブサスペンスを完全ノベライズ！
メイクアガール **episode 0** 著者／池田明季哉　原作／安田現象・Xenotoon 監修・イラスト／安田現象	SNS総フォロワー600万超えのアニメーション作家・安田現象が贈る初長編アニメーション映画『メイクアガール』。本編では語られなかった明の母、水溜稲葉が引き起こした「はじまりの物語」がスピンオフで登場！
新作 **女子校の『王子様』がバイト先で俺にだけ『乙女』な顔を見せてくる** 著／逓 透子　イラスト／はらけんし	圧倒的ビジュアルとイケメンすぎる言動で人気を集める『女子校の王子様』が、俺の働くファミレスに後輩として入ってきた。教育係に任命された俺は、同級生が誰も知らない、彼女の素顔を知ることになり――!?
新作 **陰キャの俺が席替えでS級美少女に囲まれたら秘密の関係が始まった。** 著／星野星野　イラスト／黒兎ゆう	陰キャオタクの泉谷諒太は席替えでクラスカーストトップの美少女3人に囲まれてしまう。平穏なオタクライフを楽しみたいだけなのに、彼女たちは諒太を放っておいてくれず!?
新作 **ツッコミ待ちの町野さん** 著／にちょびん　イラスト／サコ	「水泳部の町野さんは部活に行く前に、僕しかいないドミノ部に顔を出す。コント仕立ての会話でボケ倒すので、僕はツッコまずにはいられない――」「いきなりラノベっぽいあらすじを語り始めてどうしたの、町野さん」

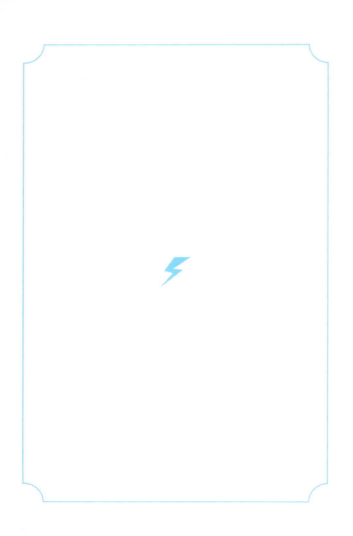